Cécile Harel

Während
wir warten,
bis die schönen
Zeiten wiederkehren

CÉCILE HAREL

WÄHREND WIR WARTEN, BIS DIE SCHÖNEN ZEITEN WIEDERKEHREN

Roman

Übersetzung aus dem Französischen
von Elsbeth Ranke

Piper München Zürich

Mehr über unsere Autoren und Bücher:
www.piper.de

Die Originalausgabe erschien 2012 unter dem Titel »En attendant que les beaux jours reviennent« bei Éditions Les Escales, Paris.

MIX
Papier aus verantwortungsvollen Quellen
FSC® C014496
FSC
www.fsc.org

ISBN 978-3-492-05584-0

Gesetzt aus der Celeste
Satz: Greiner & Reichel, Köln
Druck und Bindung: GGP Media GmbH, Pößneck
Printed in Germany

1

»Ich habe das Gefühl, ich habe an meinem Leben vorbeigelebt.«

»Aber nein, du hast doch mich getroffen.«

»Und du meinst, das genügt?«

»Was wäre für dich denn ein gelungenes Leben?«

»Jetzt nerv nicht, Liebling.«

Ich habe meinen Mann bei einem Abendessen kennengelernt, zu dem ich nicht eingeladen war und wo ich nicht mal die Gastgeber kannte. Gleich auf den ersten Blick war mir klar, dass ich mein Leben mit ihm teilen würde, dabei war er eine graue Maus. Mein Blut hat sofort angefangen zu kochen, meine Nieren haben geprickelt, meine Haut gejuckt, selbst mein Geschlecht hat gekribbelt. Ich war auf einmal ganz befriedet, und ich dachte, wie gut, dass er zurück war. Zurück wovon? Keine Ahnung. Vielleicht aus einem anderen Jahrhundert, mein Mann sieht aus wie ein mittelalterlicher Mönch.

»Ihr müsst unbedingt Maries Buch lesen«, hat plötzlich Valérie erklärt, die mich mitgenommen hatte. »Ich habe selbst gesehen, wie ein Mann sich in sie verliebt hat, einfach so, nur weil sie ihm einen Ausschnitt vorgelesen hat.«

»In dem Buch geht es um einen impotenten Mann«, habe ich verlegen hinzugefügt.

»Wenn ich mir vorstelle, ich könnte impotent werden, wird mir ganz anders.« Bernard, der Gastgeber, war geradezu panisch.

»Und wie! Männlichkeit ist für einen Mann ja das Allerwichtigste«, legte seine Frau nach und nickte. »Also, ich jedenfalls ...«, korrigierte sie sich gleich.

»Mich würde das nicht stören, ich habe sowieso seit sieben Jahren keinen Sex mehr«, schloss mein Mann mit seiner tonlosen Stimme.

Ich habe ihn angeschaut, ziemlich lang, ich habe gar nicht wirklich verstanden, was er damit meinte, aber egal, diese Information – mir war gar nicht ganz klar, was sie für den Alltag bedeutete – ließ mich aufmerken, es war geradezu ein Zeichen, dass dieser depressive Mann für mich bestimmt war. Als die Hausherrin uns zu Tisch bat, hat sich mein Mann neben mich gesetzt und sich an meinen Pulloverzipfel gekrallt. Er hatte den gleichen, schwarz mit Reißverschluss. Den ganzen Abend hat er ihn nicht losgelassen. Wie ein Baby, das sich festklammert, aus Angst, man könnte es vergessen. Ich war hingerissen. Er erinnert sich nicht daran, die anderen Gäste schon.

Als wir aufbrachen, habe ich ihm vorgeschlagen, ihn heimzubringen, Valérie war mit dem Auto da.

»Nein«, sagte er, »ich nehme lieber ein Taxi.«

»Blödsinn, samstags abends gibt es keine Taxis.« Ich war fest entschlossen, ihn bei mir zu behalten.

Ich habe meinen Mann sanft auf den Rücksitz des Clio geschoben. An jeder roten Ampel wollte er aussteigen. Paradoxerweise hat er, während er erklärte, er wolle zu

Fuß weitergehen, den Pelzrand an der Kapuze meines Mantels festgehalten. Daran erinnert er sich.

Während der Fahrt habe ich überlegt. Falls dieser Knabe mich wiedersehen wollte, würde er es niemals wagen, Bernard um meine Nummer zu bitten, der sie obendrein gar nicht hatte und erst bei Valérie nachfragen müsste, und die würde sie ihm sowieso nicht geben. Viel zu kompliziert! Da habe ich lieber die Initiative ergriffen und meine Telefonnummer auf ein Stück Papier gekritzelt. Vor seinem Hauseingang habe ich es ihm überreicht.

»Ruf mich an, ich würde gerne mal mit dir essen gehen.«

Statt einer Antwort hat er mich geküsst. Auf den Mund. Zwar nur ein winziger Schmatz, aber immerhin! Später sollte er mir sagen, das war einfacher als die Wange, so wie ich ihm meine Lippen entgegengestreckt habe. Ich bin wieder ins Auto gestiegen.

Valérie hat geschimpft: »Spinnst du, einem Typen deine Nummer zu geben, der dich nicht danach gefragt hat? Du musst mal lernen, deinen Wert geltend zu machen. Du musst dich von einem Mann erobern lassen.«

»Tss!«

»Ich sage das für dich, der sieht echt morbid aus.«

»Er ist bloß unglücklich.«

»An deiner Stelle würde ich aufpassen.«

»Worauf denn?«

»Auf alles.«

»Das sieht dir ähnlich. Deine Nummer kriegt ein Mann erst, nachdem ihr im Bett wart.«

»Na ja, wenn es dann ein Reinfall war, kann er mich nicht zurückrufen. Ist doch praktisch!«

»Ich werde ihn heiraten.«

»Das wirst du noch bereuen, du bist zu nett zu den Männern.«

»Ich weiß nicht, *die* Männer kenne ich nicht, aber der hier ist für mich.«

»Hör auf! Er hatte seit sieben Jahren keinen Sex.«

»Eben, das ist doch rührend, ein Mann, blitzsauber, der auf mich wartet.«

2

Zwei Jahre später sitzt dieser blitzsaubere Mann mit mir in der Badewanne. Draußen schneit es. Und da überkommt es mich wieder. Wie jedes Jahr im Dezember. Ich möchte zu Heiligabend am Grab meiner Mutter sein. Meine Eltern sind nicht am selben Ort begraben. Ich würde sie gerne wieder zusammenbringen. Für immer und ewig.

Im Winter schließt der Friedhof meiner Mutter um siebzehn Uhr. Ich müsste über den Zaun klettern. Vielleicht würden sie mich daran hindern. Die Kälte macht auch alles komplizierter. Die Straßen werden vereist sein. Womöglich kommt man überhaupt nicht durch. Die Züge werden überfüllt sein.

Meine Mutter ist in Vieuville begraben, ich habe eben nachgesehen, da hat es minus sechzehn Grad. Sie wollte nicht bei meinem Vater liegen, sie hat zu mir gesagt: »Lamprois mag ich nicht, da ist es zu kalt.« Dabei hat es dort heute nur minus fünfzehn Grad. Meine arme Mama, es war ihr Letzter Wille. Ich stelle mir den Friedhof vor. Menschenleer. Ohne Licht.

Als ich zum letzten Mal dort war, habe ich ihr Grab nicht gefunden. Ich habe geweint. »Mama«, habe ich sie gebeten, »sag mir, wo du bist. Ja, ich weiß, ich war seit drei Jahren nicht hier, aber bitte, hilf mir, Mama, ich brauche dich.« Plötzlich stand da eine Zypresse. Am Ende eines Weges. Eine große Zypresse. Die einzige.

Meine Mutter wollte direkt in der Erde liegen, ohne Sarg, nur in einem Leichentuch. Und einen Baum wollte sie.

Das mit dem Leichentuch ist in Frankreich verboten. Ich habe ihren Sarg in die Erde versenken lassen, nicht in eine Gruft. Und ich habe darum gebeten, dass hinter ihrem Grab ein Baum gepflanzt wird. Das wurde abgelehnt. Überallhin habe ich Briefe geschrieben.

»Nein. Stellen Sie sich mal vor, wenn das jeder machen würde!«

»Ja. Dann wäre da ein Wald.«

Also habe ich drei zehn Zentimeter große Babyzypressen in die Pflanzschale an ihrem Grabstein gesetzt. Offenbar gefiel es ihnen da. Die, die mich rief, war zwei Meter groß. Mama hat gewonnen.

Ich hoffe, sie haben sie nicht abgesägt. Ich muss nachsehen. Ich bitte meinen Mann, mich zu begleiten.

»Nein«, antwortet er.

»Nein?«

»Warum willst du da an Heiligabend hin?«

»Weil ich den Schmerz wieder spüren will.«

»Warum?«

»Das ist, wo ich herkomme.«

»Letztes Jahr bin ich mitgegangen, aber ich musste im Auto sitzen bleiben.«

»Das ist meine Geschichte, da gehörst du nicht dazu.«

»Irgendwann hast du mich dann geholt.«

»Ja. Damit du mich auf ihrem Grab fotografierst.«

Ich hatte auch einen Zweig von der Zypresse abgeschnitten, die über meine Mutter wacht. Er liegt getrocknet in meinem Schreibtisch. So habe ich das Gefühl, ein kleines Stück von ihr bei mir zu haben, denn schließlich haben sich die Wurzeln dieses Baumes von ihrem Leib genährt.

»Ich brauche das. Mich wieder da hinzusetzen, nah bei ihr zu sein, verstehst du?«

Mein Mann schweigt, sprachlos. Ich hake nicht nach, sonst sagt er mir noch, er begreift, dass ich dort hinwill, aber rein praktisch scheint es ihm unmöglich. Diese Antwort will ich nicht hören, deshalb rede ich weiter: »Aber ich möchte nicht, dass du aus dem Haus gehst, während ich weg bin.«

»Kann ich nicht essen gehen?«

»Nein.«

»Nein?«

»Ich koche dir was vor.«

»Wovor hast du Angst?«

»Oder du gehst weit weg, in ein anderes Arrondissement. Die Hennen aus dem Viertel, die mich nicht leiden können – und davon gibt es einige –, sollen nicht sehen, dass du allein bist.«

»Du gehst doch selbst raus.«

»Das ist etwas anderes, ich bin das gewohnt. Aber du bist zerbrechlich.«

»Ich habe sowieso keine Lust, auszugehen.«

»Na, umso besser!«

»Das ist doch verrückt!«

»Was?«

»Du verbietest mir etwas, wozu ich gar keine Lust habe, was ich aber durchaus machen könnte, einfach nur aus Protest, und was ich sowieso nicht machen werde, um nicht unnötig meine Energie zu verschwenden.«

»Bist du dann traurig ohne mich?«

»Nein.«

»Schade.«

»Ich weiß ja, dass du wiederkommst.«

Das einzige Mal, als ich gegangen war, war ich tatsächlich wiedergekommen. Eine Stunde später. Das war Anfang September. An der Gare de Lyon hatte ich in den TGV um 7:46 Uhr nicht einsteigen können, obwohl ich (ich weiß gar nicht, wie) eine Platzreservierung in Fahrtrichtung hatte ergattern können.

Zwei Tage zuvor hatte ich im Schlaf meine Mutter zu mir sagen hören: »Los, komm, Marie, wir gehen schön baden!« Beim Aufwachen war ich überzeugt, dass sie ein Treffen vereinbart hatte, und bekam plötzlich große Lust, an dem kleinen Strand meiner Kindheit zu schwimmen, da, wo ich stundenlang mit ihr gebadet habe, in Sainte-Estelle.

Nur meine Mutter und ich nannten diese Einbuchtung einen Strand. Für die anderen waren es drei spitze Felsen und Kies, der an den Füßen pikte. Vergeblich erklärte ich, diese Kiesel seien über Jahrtausende von den Wellen hin und her gerollt worden und daher ganz glatt geschliffen, aber wenn die Leute über die Steine gingen, wedelten sie trotzdem mit den Armen, schlimmer als ein ungelenker Albatros, und rissen die Füße hoch, als liefen sie durch die Glut: »Aua! Autsch! Verdammt!«

Als ich auf dem Bahnsteig stand, habe ich meinen Mann vermisst. Da schon! Immerhin habe ich ihn spät kennengelernt. Mit zweiundvierzig. Seitdem ist er das Wichtigste in meinem Leben. Also bin ich in ein Taxi gesprungen, nach Hause gefahren und habe mich wieder an seinen warmen Körper geschmiegt. Ohne aufzuwachen, hat er mich in die Arme geschlossen und an sich gedrückt. Ich war eingeschlossen. Ich konnte mich nicht mehr rühren. Ich mag dieses Gefühl, gehalten zu werden. Ihm zu gehören.

Mein Mann und ich haben noch nie eine Nacht ohneeinander geschlafen. Sechs Monate nachdem er mich kennengelernt hatte, hat er beschlossen, ein Sabbatjahr zu nehmen (mein Mann ist Theaterautor), damit wir uns immer nur lieben können. Wir verlassen uns nie. Wir sind immer zusammen. In unserem Viertel nennen sie uns »die Verliebten«. Sogar zum Bäcker gehen wir Hand in Hand. Nur einmal, ich weiß gar nicht, was mit mir los war, da habe ich mein Recht eingefordert, allein rauszugehen. Vielleicht eine feministische Anwandlung? Meinem Mann tat es leid, dass ich ihn nicht dabeihaben wollte, er hat mir furchtbar traurig nachgesehen. Ich küsste ihn hundertmal, zum Trost und damit er begriff, dass dieser plötzliche Drang nach Unabhängigkeit auf keinen Fall ein Vorzeichen für irgendeinen Mangel an Interesse war. Dann bin ich immer vier Stufen auf einmal die Treppe hinunter. Als ich meine vorbestellten extradünnen Steinofenbaguettes bezahlt hatte, nicht ohne dass meine Bäckerin sich wunderte, mich nicht in Begleitung meines Mannes anzutreffen, lief ich mit langen Schritten zurück, die Nase in die Luft gereckt, bis ich plötzlich gegen ein Gitter stieß, das einen Baum einzäunte, und einen Gleitflug hinlegte, bevor ich mit dem Augenbrauenknochen hart auf der Bordsteinkante landete. Manche Leute stehen ja, wenn sie fallen, gleich wieder auf und taumeln weiter, nachdem sie sich die Kleider ausgeschüttelt haben wie ein Huhn, das nach einem Fußtritt seine Federn plustert. Ich dagegen rühre mich nicht vom Fleck. Ich bleibe am Boden. Ganz ruhig. Ich prüfe das Ausmaß des Schadens. Ich hatte eine eigroße Beule über dem Auge. Ich schrie auf. Sofort teilte sich die Menschenmenge, die sich schon um mich geschart hatte, um einen Kellner mit einer Serviette voller Eiswürfel durchzulassen.

Ich schluckte meine Tränen hinunter und rief meinen Mann an:

»Ich bin gefahahallen!«

Als ich ihn sagen hörte, er mache sich Vorwürfe, er hätte mich nie allein einkaufen gehen lassen sollen, da tat es mir leid, dass ich alles vermasselt hatte. Jetzt war mein Mann endlich glücklich. In meiner Dummheit und Sorglosigkeit hatte ich den Gegenstand seiner Verehrung beschädigt. Da wurde mir klar, wie zerbrechlich wir waren, und um ihn nicht zu enttäuschen, indem ich das Risiko eines weiteren Sturzes einging, wartete ich (immer noch am Boden liegend), bis er mich abholen kam. Am Morgen unserer Hochzeit war mein Veilchen weg.

Ich steige aus der Badewanne, trockne mich schnell ab und gehe ins Büro meines Mannes, um den Fotoapparat zu holen. Ich komme zurück.

»Verrückt, wenn du badest, siehst du aus wie ein Maki!«

»Hmm.«

»Doch. Wirklich.«

»Hmm.«

»Du könntest mir schon antworten, wenn ich mit dir rede.«

»Hm?«

»Woran denkst du?«

»An alles Mögliche.«

»Sag's mir.«

»Nein.«

»Doch.«

»Du bist anstrengend.«

»Warum?«

»Wenn ich dir sagen muss, woran ich denke, komme ich aus meinem Gedankengang. Und dann denke ich nichts anderes mehr, als dass ich versuchen muss, mich zu erinnern, woran ich gerade gedacht habe, um es dir zu sagen.«

»Tut mir leid. Mach weiter, wo du warst.«

»Zu spät. Schon passiert.«

Ich habe einen seltsamen Mann. Morgens zieht er keinen Anzug an, keine Krawatte, geht nicht arbeiten wie die meisten Männer. Er geht auch nicht mit Kumpels Bier trinken oder zu irgendwelchen beruflichen Terminen. Nein, er bleibt zu Hause. In Boxershorts. Er denkt nach.

Während ich mir die Zähne putze, spüre ich den Blick meines Mannes auf mir.

»Was ist?«

»Nichts.«

»Und was machst du dann?«

»Ich schaue dich an.«

»Ach so!«

»Ich betrachte dich.«

»Oh!«

»Schön bist du.«

»Danke!«

»Hast du es nicht satt, schön zu sein? Komm, hör mal auf mit Schönsein!«

»Liebling!«

»Sogar mit einer Morgenfratze bist du schön!«

Ich höre, wie der Concierge die Post auf unseren Fußabstreifer legt. Ich schlüpfe in den Bademantel, trete vor die Tür, wechsle ein paar Worte mit ihm über den Schnee (mein Concierge hat es sehr mit dem Wetter), dann gehe ich mit meinem Stapel Briefe zurück ins Badezimmer, um meinen Mann zum Anfang unserer Liebe zu befragen (mein Lieblingsthema): »Erinnerst du dich, wie du dich an meinen Pullover gekrallt hast?«

»Nein. Aber du hast es mir so oft erzählt, dass ich die Szene in allen Details beschreiben kann.«

»Unglaublich, dass du mich nicht bemerkt hast.«

»Ich habe es dir schon hundertmal gesagt, ich war tot.«

»Was hättest du gemacht, wenn ich dir nicht die Möglichkeit gegeben hätte, mich wiederzusehen?«

»Dann wäre ich weiter herumgeirrt.«

»Hättest du mich nicht gesucht?«

»Nein.«

»Wirklich nicht?«

»Nein.«

»Meine Güte!« Das sind die Momente, in denen ich froh bin, dass ich meiner Intuition gefolgt bin und begriffen habe, dass ich diesem verdrossenen jungen Mann unter die Arme greifen musste, der unfähig war zu erkennen, dass ich die Frau seines Lebens war. »Du hast mich nicht gesehen, aber du hast gemerkt, dass ich ein guter Rettungsring bin, der immer oben auf der Gesellschaft schwimmt und dich retten konnte, wo du schon halb ertrunken warst.«

»Vielleicht warst du ein guter Rettungsring, aber du

hattest selbst kein Land in Sicht. Dadurch, dass ich mich an dich geklammert habe, habe ich dich ans Ufer zurückgebracht.«

»Ja, Rimbaud, du bist mein Zorro. Meinst du, dein Unterbewusstsein hat dich dazu veranlasst? Hat es dir zugeflüstert: ›Nur zu, das ist sie, das ist die richtige, klammer dich fest‹?«

»Vor allem warst du gar nicht mein Typ.«

»So was Blödes, einen Typ zu haben, das kann ich mir einfach nicht vorstellen.«

»Jetzt aber mal halblang!«

»Weißt du noch, bevor du mich kanntest, hast du immer gesagt, es muss die Liebe geben, aber dir ist sie nicht bestimmt.«

»Ich war am Boden. Meine Freunde wussten das, ich habe auch nicht das geringste Geheimnis daraus gemacht. Einigen war ich übrigens so lieber. Ich hatte mehr Zeit für sie. Ein unglücklicher Freund ist immer hilfsbereit.«

»Wie konntest du nur leben, wenn es dir so schlecht ging?«

»Ich habe nur dank meiner Theaterstücke durchgehalten, in sie habe ich meine ganze Energie gesteckt.«

»Ja, und heute gehst du's ganz gemütlich an.«

»Dieses Sabbatjahr war unglaublich wichtig für mich, ich habe es gebraucht, um mich wieder in Schuss zu bringen.«

»Nur dass dein Sabbatjahr jetzt schon achtzehn Monate dauert!«

»Ich arbeite wieder, sobald ich ein Projekt finde, das deinem Hintern das Wasser reichen kann. Ich liebe deinen Hintern!« Und da fängt mein Mann doch tatsächlich an, Léo Ferré zu singen, *Ton style, c'est ton cul.* »Ich liebe deinen Stil.«

Ich pruste los. »Du bist ja völlig übergeschnappt!«

»Findest du?«

»Was habe ich eigentlich damit zu tun?«

»Du stellst mich wieder her. Übrigens kannst du jetzt, wo du mit dem Rohbau fertig bist, an den Feinschliff gehen.«

»Ziemlich clever!«

»Dir ist überhaupt nicht klar, dass ein Theaterstück mindestens zwei Jahre meines Lebens verbraucht.«

»Hör auf mit deinen zwei Jahren. Das ist dein neuester Trick, jedes Mal, wenn ein Theaterdirektor dich fragt, wann er dein neues Stück zu lesen bekommt, sagst du mit einem großen Seufzer, dass dich das zwei Jahre kosten wird.«

»Soll ich etwa das Erstbeste akzeptieren?«

»Und wenn du einfach gar nicht mehr arbeitest?« In meinem Bauch bildet sich ein beklemmender Knoten. Ich mache mir Sorgen, bekomme keine Luft mehr. »Warum nimmst du nicht den Auftrag von Bonnin an?«

»Oh nein!«

»Warum nicht?«

»Wenn ich mich auf dieses idiotische Thema einlasse, verpeste ich mir damit nicht nur das Hirn, sondern bin hinterher auch noch völlig erschöpft.«

»Meinst du?«

»Ich hätte das Gefühl, es wäre ein Rückschritt, und das alles nur für ein Ergebnis, mit dem ich nicht einmal zufrieden wäre.«

»Da habe ich aber Glück gehabt.«

»Lieber habe ich gar nichts als ein Projekt, das sinnlos ist.«

»Und wenn du dann kein Geld mehr verdienst?«

»Ich bin arm geboren, ich weiß, was das heißt, davor habe ich keine Angst.«

Hin- und hergerissen zwischen Angst und Bewunderung beobachte ich meinen Mann, wie er da so entspannt in der Badewanne liegt und redet. Sein Selbstbewusstsein beeindruckt mich.

»Die Menschen sind schon bescheuert.«

»Was ist denn mit dir los?«

»Als du mich noch nicht kanntest und unglücklich warst, hast du pausenlos geschrieben. Du hattest sogar mal gleichzeitig drei Stücke am Laufen, so viel hattest du loszuwerden, und jetzt, wo du glücklich bist, willst du nichts mehr machen. Du wirst ja wohl nicht den Rest deines Lebens in mir verbringen?«

»Doch.«

»Super!«

»Was soll ich schon sagen, ich habe eben im Moment keine Inspiration.«

»Dann zwing dich.«

»Ich bin gerade im Umbruch.«

»Was soll denn das jetzt schon wieder heißen?«

»Ich bin nicht mehr der, der ich war, und noch nicht der, der ich sein werde.«

»Soll ich dich verlassen, damit du wieder zu ihr findest?«

»Zu wem?«

»Zur Inspiration.«

»Willst du mich verlassen?«

»Das habe ich nicht gesagt.«

Mein Telefon klingelt genau rechtzeitig, um dieses Gespräch abzubrechen, das nur noch übel ausgehen kann. Es ist Ferdinand. Ich gehe dran. Ich gehe immer dran, wenn es Ferdinand ist. Schlimmer, als wenn es mein Kind wäre.

»Hallo, Ferdinand?«

»Ich habe gerade die Fotos wiedergefunden, die ich von dir gemacht habe, als du achtzehn warst. Willst du sie haben?«

»Oh ja, und wie.«

»Ich verkaufe sie dir. Dreihundert Euro.«

»Wie bitte?«

»Versteh mich doch, ich habe es satt, kein Geld zu verdienen, ich habe Hunderttausende Fotos gemacht, für nichts und wieder nichts.«

»Also gut, einverstanden, ich kümmer mich gleich darum.«

»Und danke auch für die zweihundert Euro von letzter Woche. Davon kaufe ich mir Biologiebücher. Übrigens brauchst du deine Schecks jetzt nicht mehr auf Lucie auszustellen, ich kann sie jetzt selbst einreichen.«

»Wie das?«

»Ich bin nicht mehr unter Betreuung.«

»Seit wann?«

»Seit einem Jahr.«

»Und das sagst du mir erst jetzt?«

»Ich wusste, dass du dich aufregen würdest.«

»Natürlich, ich bin fuchsteufelswild, das war dein einziger Schutz vor Virgil.«

»Siehst du, ich hatte schon meinen Grund, es dir nicht zu erzählen.«

»Ich verstehe ja, dass du gegenüber Lucie stolz bist, wieder unabhängig zu sein, aber vernünftig ist es nicht.«

»Mal langsam, ja, du bist nicht meine Mama!«

»Was machst du an Weihnachten?«

»Wir würden gern nach Sainte-Estelle fahren, aber mit Virgil ist das kompliziert, der wird verrückt, wenn er uns nur sieht. Ruf ihn an und sag ihm, er soll uns in Ruhe lassen.«

»Na gut, aber versprich mir, dass du dich auch anstrengst. Statt dich die ganze Zeit mit ihm zu streiten, solltest du dich zurückhalten, sei cleverer als er. Schmeichel ihm, mach ihm Komplimente, bedank dich, auch wenn er nichts für dich getan hat, du wirst sehen, das liebt er, da wird er ganz zahm.«

»Er ist ein Schwein, das hat Mama schon immer gesagt.«

»Er kann ziemlich fies sein, pass auf.«

»Schließlich ist es genauso gut mein Zuhause wie seines, oder?«

»Ja. Oder komm doch mit Lucie über Weihnachten zu uns. Ich zahle euch die Fahrt. Dann habt ihr eure Ruhe, euer eigenes Zimmer, euer Bad, und außerdem liebst du Paris.«

»Lucie ist wie dein Mann, sie verreist nicht gerne.«

»Dann komm allein.«

»Nein!«

3

Schon als Kind hat Ferdinand immer Nein gesagt. Mit zehn wollte er »Froschgelehrter« werden wie sein Vorbild Jean Rostand, der einmal zu meinen Eltern zum Essen kam, als er in Barnezon einen Vortrag hielt. Meine Mutter hatte während des gesamten Abends gelacht, weil sie ihm (ohne uns einzuweihen) ein Huhn vom Nachbarn gekocht hatte, das mein Hund tags zuvor gerissen hatte. Am nächsten Tag war Ferdinand so erfüllt von den Komplimenten des großen Biologen, dass er mich aus unserem gemeinsamen Zimmer verwies und da, wo mein Bett gewesen war, Terrarien aufstellte mit Amphibienlarven, die wir samstags nachmittags im Tümpel sammelten. »Los, komm, Marie«, sagte meine Mutter, »zieh Gummistiefel an, wir gehen zu Ferdinands Tümpel!«

Seinen Tümpel liebte er. Er hatte ihn entdeckt, als wir einmal alle zusammen Pilze sammeln waren. Voller Zuversicht auf seine künftigen wissenschaftlichen Leistungen (die unsere Eltern beeindruckten) befand Ferdinand, dies sei in Sachen Amphibienbestände der reichhaltigste Tümpel im Umkreis. Stunden verbrachten wir dort im Schlamm und malträtierten unsere Kescher. Manchmal durfte ich zurück in mein früheres Zimmer und (schweigend) beobachten, wie sich seine Larven zu Fröschen oder Salamandern verwandelten. Oder, etwas ganz Besonderes, zu Molchen. Ach, Ferdinands Molche! Wenn in seinem Terrarium welche geschlüpft waren, war alles gut.

Schon ein witziger Name! Molch. Ich hatte das ganz vergessen. Wenn ich jetzt daran denke, sehe ich das Zimmer voller Leitern und Regale vor mir, auf denen Ferdinand ein Ökosystem von Maden eingerichtet hatte, die, wenn sie Fliegen waren, seinen Tieren als Futter dienen sollten. Dann hatte er sich vergrößert, mit Aquarien, Fischen, Sauerstoffpumpen und sogar einer Blindschleiche, die unserer italienischen Putzfrau einen gebrochenen Arm einbrachte. Sie liebte es, die Scheiben der Terrarien zu putzen, ganz arglos, bis eines Tages die Blindschleiche in ihrer Verwunderung darüber, dass eine schnurrbärtige Italienerin, die so breit war wie hoch, mit dem Lappen durch ihre Behausung fuhr, sich aufrichtete, um sie höflich zu begrüßen. Madame Simonetto war so erschrocken, dass sie von ihrem Hocker fiel und nie wieder putzen kam.

Im Sommer darauf hatte Ferdinand mit dem Zug in einem Mülleimer voller Meerwasser drei Tintenfische aus Sainte-Estelle mitgebracht, wo er sie gefangen hatte. Aber über Nacht war einer von ihnen ausgebrochen (einem Tintenfisch genügt ein kleines, sogar ein winziges Loch). Eine alte Dame aus seinem Abteil war auf ihm ausgerutscht und hatte ihn mit ihrem ganzen Gewicht zerquetscht. Der Schaffner hatte Ferdinand ausgeschimpft: Das ging doch nicht, dass ein so kleiner Junge mit solchen Viechern herumspazierte. »Und wo sind deine Eltern? Was für ein Leichtsinn, dich ohne Aufsicht zu lassen!« Ferdinand hatte erklärt, dass zu unserer Erziehung die Freiheit gehörte, allein reisen zu können. Achselzuckend war der Schaffner gegangen.

Der zweite Tintenfisch war derart erbost darüber, dass er nicht in Sainte-Estelle bleiben durfte und sich in Barnezon wiederfand (auch meine Mutter hasste Barnezon, sie sagte wieder und wieder, Barnezon sei nur eine Zwischenlösung!), dass er, kaum hatte er seinen Mülleimer verlassen, ins Aquarium gespuckt hatte und an seiner eigenen Tinte erstickt war. Das Ende des dritten erinnere ich nicht mehr. Ich müsste Ferdinand fragen.

»Was wünschst du dir zu Weihnachten, Ferdinand?«

»Und du?«

»Mir ist lieber, du behältst dein Geld.«

»Nur weil ich kein Geld habe, kann ich dir aber doch etwas schenken.«

»Mein Wunsch ist, dass es dir gut geht und du glücklich bist.«

»Ich weiß, was ich dir kaufe, ich habe es neulich mit Lucie gesehen.«

»Soll ich dir einen Fotoapparat schenken?«

»Nein, ich werde im Leben nie mehr fotografieren.«
»Schade, du bist total begabt.«
»Die Fotos haben mich zu unglücklich gemacht.«
»Das war deine Krankheit, nicht die Fotos!«

An dem Tag, als Ferdinand die Tür zu unserem Zimmer verschloss und ich aus der Schule kam mit dem festen Vorsatz, an meinem Schranktisch aus weiß lackiertem Holz mit den dicken lila Schubladenknöpfen meine Hausaufgaben zu machen, verzog meine Mutter keine Miene und setzte mich ins Esszimmer neben dem Wohnzimmer. Da schlief meine Großmutter mütterlicherseits, wenn sie uns besuchte. Auf ihrem Bett lag immer eine maßgeschneiderte Tagesdecke, ziemlich hübsch, aus Wollwebstoff, apfelgrün und braun.

Ich war ganz verstört, dass ich keinen Ort mehr für mich hatte und so ausgeliefert war, immer in Reichweite meiner großen Brüder, und so weinte ich. Ich war sieben. Zum Trost vertraute mir meine Mutter an, dass es in meinem Alter vielleicht ohnehin besser war, allein zu schlafen, und dann nahm sie mich mit zu einem Innenausstatter, wo ich mir meine Tagesdecke aussuchen sollte. Ich nahm die teuerste, die aussah wie mein Hund, mit langen weißen Fransen, und dazu noch das passende dicke Kissen.

Mein Hund kam oft zu mir ins Bett. Er war ein guter Leibwächter. Niemand durfte mir zu nahe kommen, sonst knurrte er. Aber meistens ließ ihn jemand nach draußen, und sein Jagdinstinkt ging mit ihm durch. Er ging die Nachbarhühner reißen, und mir war bange und kalt. Einmal strengte der Nachbar übrigens einen Prozess an, um ihn von der Polizei einschläfern zu lassen. Aber mein Hund war so schön, dass der Richter Mitleid hatte und ihm die Freiheit schenkte. Danach stellte ihm der Nachbar wutschnaubend einen Hinterhalt nach dem anderen, mit taufrischen neuen Hühnern oder sogar mit echt süßen Kaninchen, nur um ihn anzulocken und dem ganzen Viertel zu zeigen, wie gefährlich mein Hund war.

Dabei war mein Hund gar nicht gefährlich, sondern stolz. Ich bürstete ihn und behielt seine Haare, die flauschig waren wie Schafwolle. In der Spüle färbte ich sie in Blau- oder Lilatönen. Wenn sie getrocknet waren, zwirbelte ich sie auf und wob sie um Eisengestelle zu Lampenschirmen.

»Die werden bestimmt ziemlich gestunken haben«, ergänzt mein Mann.

»Nein. Aber hässlich waren sie!«

In der Pause verkaufte ich sie an die Mädchen aus meiner Schule. Mein Hund hasste das. Er hatte Knoten unter den Beinen. Es ziepte, wenn ich ihn kämmte. Er knurrte, zeigte mir manchmal sogar die Zähne. Mir war das egal. Ich legte ihm den Maulkorb an. Wenn er es satthatte, sagte ich ihm mindestens zehnmal: »Aber ja, schön bist du, ganz schön!« Und da dieser Dussel gerne Komplimente hörte, gab er mir dann ganz zerknirscht die Pfote und flehte mich an, aufzuhören. Aber ich machte weiter. Was denn! Schließlich musste ich ein (lukratives) Geschäft in

Gang halten! Zum Glück (für ihn) bin ich bald aufs Stricken umgeschwenkt. Mit echten Wollknäueln von Phildar, die ich oben an der Straßenecke im Laden kaufte.

Mein Mann ist genauso; wenn ich ihm mit einer Pinzette die Nasenhaare ausreiße (ich mache aber keine Lampenschirme daraus), schreit er und verdreht genauso gequält die Augen wie mein Hund. Er hat ihn nicht gekannt, aber er macht ihn liebend gerne nach. Um mich zum Lachen zu bringen, setzt er die Miene eines verängstigten kleinen Schoßhunds auf, zieht die Schultern ein und zittert an Beinen und Armen.

»Ganz schön anstrengend, so einen Ehemann durchzubringen.«

»Schließlich bringe ich dich ja auch durch.«

»Deshalb beschwere ich mich ja auch nicht.«

»Und was ist das da?«

»Eine besondere Augenbrauensalbe.«

Ich motiviere ihn, indem ich ihm sage, dass ich den Ehemänner-Schönheitswettbewerb gewinnen will (mit meinem Hund habe ich jeden Schönheitswettbewerb gewonnen).

»Wirst du mich noch lieben, wenn ich eine alte Schrulle bin?«

»Klar, ich bin dann ja selber alt.«

»Willst du nicht lieber abwarten, wie ich aussehe, bevor du dich festlegst?«

»Ich habe dich schon mal alt gesehen, und selbst alt liebe ich dich. Übrigens habe ich sogar Fotos.«

»Wirklich?«

»Ja, einmal, als du schlecht drauf warst, warst du mindestens achtzig. Ich finde das sowieso erbärmlich, ein alter Mann mit einer jungen Frau.«

»Wieso?«

»Da ist zwangsläufig einer von beiden ein Lügner.«

4

In dem Jahr, als ich ins Wohnzimmer zog, brach ich zu Beginn der großen Ferien, ganz glücklich, dass meine älteren Brüder auf Freizeiten waren und ich also ein bisschen Frieden hatte, mit meiner Mama und meinem Hund nach Sainte-Estelle auf. Auf dem Weg fragte sie mich, warum mein Lehrer sich beschwert habe, ich wäre ihm gegenüber aggressiv geworden, wo ich doch letztes Jahr noch ein liebes kleines Mädchen gewesen sei.

Zum ersten Mal war ich patzig an dem Tag, als er mein Tagebuch konfiszierte, das ich gerade im Tabakladen an der Ecke gekauft hatte – da, wo sie auch Schmuck hatten, unter anderem die Kamee, die ich meiner Mutter zum Geburtstag geschenkt hatte – und in dem ich mein Leben niederschreiben wollte. Mein ganzes Leben. Sogar die Geheimnisse, die ich geschworen hatte nie zu erzählen, weil ich mich sonst als Lügnerin müsste beschimpfen lassen oder als Sprücheklopferin (die schlimmste aller Beleidigungen, wenn man die Kleinste nach drei

Jungen ist, denn bekanntermaßen reden Jungen ja nie, ohne etwas sagen zu wollen).

Mit dem Schreiben begann ich an einem Montagmorgen im Unterricht, aber ich schaffte nicht einmal meinen ersten Satz, weil der Lehrer plötzlich hinter mir stand und versuchte, es mir aus den Händen zu reißen. Empört von der Vorstellung, ein Erwachsener, der nicht zur Familie gehörte, könnte sich mit Gewalt Zugang zu meinen Geheimnissen verschaffen, versteckte ich das Heft zwischen meinen Beinen. Da, wo es hingehörte. Da schlug er mir auf die Finger, damit ich es losließ. Meine Wut beschimpfte ihn als einen, den keiner mochte, weil er ja nicht mal verheiratet war. Als mir klar wurde, dass ich ihn verletzt hatte, begriff ich, welche Macht Wörter hatten, und bewunderte ihre brutale Wirksamkeit.

Ich werde nie wissen, ob ich es fertiggebracht hätte, auf die Frage meiner Mutter zu antworten, denn plötzlich begann der Motor ihres Autos zu qualmen, sodass sie am Seitenstreifen halten und so schnell wie möglich einen Abschleppwagen auftreiben musste. Und wie sollte ich auch sagen, was ich nicht begriff, wo doch in meinem Kopf alles so verworren und in Beschlag genommen war? Seit ich im Wohnzimmer schlief, wachte ich starr vor Kälte jede Nacht um 4:20 Uhr auf, um aufzupassen, und redete zu Hause fast gar nicht mehr. Die kalte Angst, nicht gehört zu werden, durchflutete mich. Die Worte vermengten sich und schwappten ungefiltert heraus. Keiner verstand mich mehr. Am Ende hieß es immer: »Marie, wenn du nichts zu sagen hast, dreh siebenmal die Zunge im Mund um, bevor zu redest, das wird dir beim Nachdenken helfen, aber jetzt komm lieber erst mal und hilf mir, den Tisch zu decken.«

Ich habe den Eindruck, meine Kindheit war eine einzige lange Mahlzeit an diesem Küchentisch, der pausenlos gedeckt und abgeräumt werden musste. Lauter unnütze Gesten, all dieses geschälte Gemüse! Ich für meinen Teil aß nichts. Bis auf Crêpes. Und Brot mit Butter und Honig oder Himbeermarmelade, die meine Mutter im Sommer einkochte und die sie zum Schluss in die Sonne stellte, damit der Fruchtgeschmack besser zur Geltung kam.

Meine Mutter, mein Hund und ich mussten nach Barnezon zurück, bis das Auto repariert war. Unser Haus war abgeschlossen, obwohl meine Eltern ihr Leben lang noch keinen Schlüssel verwendet hatten. Das alarmierte mich, und wie eine aufgeregte Wespe, die stechen muss, um sich zu beruhigen, versuchte ich, auf irgendeine Weise hineinzukommen, koste es, was es wolle.

Das Wohnzimmerfenster stand offen. Meine Mutter stellte die Gartenleiter aus der Garage mit dem Auto meines Vaters darunter. Außerdem war da ein grüner Morris Mini. Irgendetwas stimmte nicht. Noch bevor ich loskletterte, war mein Magen gereizt von dem, was ich gleich sehen würde.

Mein Vater war nackt. Mit genauso dusseligen Augen wie mein Hund, wenn er am Hintern von Dudu schnupperte (der Hündin von Duverger, unserem Hausarzt), spreizte er die Beine der Frau meines Zahnarztes, die, ebenfalls nackt, auf unserem (ledernen) Sofa lag. Zum Glück waren sie nicht auf meiner Tagesdecke mit den langen weißen Fransen, das hätte ich nicht ertragen. Es gab einen Riesenzinnober, und ich musste zu einem anderen Zahnarzt. Deswegen wurden mir nie die Zähne gerichtet, weil ich dann immer wieder damit kam. Mein Vater, ich sah ihn zum ersten Mal mit auf mich gerichtetem Pimmel, kam ans Fenster, mit verärgerter Miene, und damit ich ihn in Ruhe ließ oder bei seinen Spielchen außen vor blieb – ich weiß nicht, ich habe ihn nie gefragt –, stieß er die Leiter weg und schloss das Fenster. Ich fiel hinunter.

Meine Wut war ein gutes Auffangpolster. Mir ist nichts passiert. Aber für meine Mutter tat es mir leid. Ihr ganzes Leben stürzte zusammen. Das konnte ich sehen. Sie war wie erstickt. Sie nahm mich an der Hand und läutete an der Tür. Die Zeit, bis mein Vater öffnete, kam mir vor wie eine Ewigkeit, schließlich wusste ich gar nicht, wie das ausgehen sollte. Als sie seine fröhliche Miene sah, wie einer, der sich erstaunt gibt: »Aber was hast du denn, meine Liebe? Beruhige dich, ich versichere dir, ich bin ganz allein«, schnappte meine Mutter sich einen Regenschirm aus dem Flur und versuchte ihn zu schlagen. Erschrocken schloss er die Tür sofort wieder. Jahre später erklärte mein Vater (immer lachend), man müsse immer erst einmal abstreiten. Damals war er weniger forsch gewesen.

Meine Mutter schleppte mich dann zum Metzger, wo

sie alles erzählte. Die Kundinnen hörten ihr wie versteinert zu, schüttelten die Dauerwellenköpfe und murmelten in ihrem Barnezoner Tonfall: »Oh, na so was! Die Männer sind doch alle gleich!« Dann gingen wir in die Kneipe nebenan, wo meine Mutter eine ihrer Freundinnen angerufen hatte, damit sie uns abholte. Sie war erschüttert, dass mein Vater, den sie für seine Sensibilität und seinen guten Geschmack geliebt hatte – »Seine Zeichnungen«, sagte sie immer wieder, »sind derart schön« –, mit einer dummen Gans mit gelben Haaren und schwarzem Ansatz und vorstehenden Zähnen ins Bett ging (ihr Mann hätte ihr nun wirklich eine Spange verpassen können), und auch den Kumpanen, die mit ihren dicken Rotweingläsern an der Bar standen, erklärte meine Mutter alles. Mir war das peinlich, aber ich sagte nichts, ich sah, dass ihr das guttat. Sie hatte so viel geredet, dass sie plötzlich erschöpft zusammenbrach.

Ihr hübsches Kleid mit den gelben Sonnenblumen auf dem Boden ausgebreitet zu sehen – eine Schneiderin in der Schweiz hatte es nach Maß genäht, ich hatte auch eines mit roten Marienkäfern bekommen – gab mir den Rest. Ich wusste nicht, dass eine Mama am Ende ihrer Kraft anlangen konnte. Sie war mein Fels. Und sie wurde mein kleines Mädchen. Der Wirt gab ihr auf einem Wattebausch Pfefferminzschnaps zu riechen, um sie wieder zu sich zu bringen. Ich war so bekümmert und besorgt, dass ich schwor, sie immer zu beschützen und es nie dazu kommen zu lassen, dass ein Junge mir wehtun konnte. Oder guttun. Das war dasselbe. Liebe tat weh. Punkt. Meine Probleme damit, zu begreifen, warum ich gehorchen und ein Geheimnis für mich behalten sollte, das ich nicht mochte, waren nichts gegen den Schmerz meiner Mutter. Ich hatte recht gehabt, nichts zu sagen. Ich durfte sie nie belasten, meine arme Mama, mein schönes zerbrechliches kleines Mädchen. Nie. Im Gegenteil, es sollte meine Pflicht werden, sie immer zu befrieden, Wege zu finden, um ihr das Leben zu erleichtern, und ihr einzureden, dass es mir gut ging. »Geht's gut, Marie?« »Ja! Ja!«, habe ich immer gesagt, selbst wenn ich ganz am Boden war.

Als meine Mutter stürzte, wurde es ganz still in der Kneipe, als würde ihre Ohnmacht den Finger erheben und die Verantwortung diesen schmutzigen Kerlen zuschieben, die ihre Zeit vor dem Weinglas vertaten. Vor Scham über diese Demaskierung ließen sie die Köpfe hängen, die Nase an den Schuhen, ertappt.

Am nächsten Tag war ich allein bei der Freundin meiner Mutter, als es klingelte. Es war mein Vater. Mit einem ordentlichen Veilchen. Er nahm mich in die Arme und wollte mir einen Kuss geben, aber ich wand mich heraus. Ich war meine Mutter geworden. Ich liebte ihn nicht mehr, weil er sie nicht beschützt hatte. Ich machte ihm Vorwürfe. Im Stillen. Kein Ton kam mir über die Lippen. Er versuchte es lange. Ich verzog keine Miene. Da ging er. Ganz bekümmert.

Eine Stunde später klingelte es wieder. Es war der Zahnarzt. Ein langer, schmaler Mann. Er erklärte mir, ich sei Zeuge von Dingen geworden, die noch nichts für mein Alter wären, ich solle alles vergessen und vor allem meinem Vater verzeihen, er habe mich doch lieb. Die Erwachsenen seien manchmal Idioten, aber ihre Kinder seien ihnen heilig.

Das machte mich wütend. Jetzt fing auch er noch an, mir mit dieser verdammten Liebe auf die Nerven zu gehen, die mich von innen heraus vermodern ließ. Plötzlich, wie durch Zauberei, fügten sich meine Worte zu einem messerscharfen Satz, und in tiefer Verachtung beschimpfte ich ihn als Dummkopf, dass er meinen Vater geschlagen habe, der doch immerhin sein bester Freund sei, und außerdem, dass er eine so blöde, so hässliche Frau habe mit ihren vorstehenden Pferdezähnen und ihren gelben Haaren mit schwarzem Ansatz. Von diesem Tag an übernahm ich, aus Empathie oder Solidarität, die Ausdrucksweise meiner Mutter.

Am späten Vormittag kam Mama zurück und erklärte mir, sie sei beim Anwalt gewesen, die Scheidung einreichen. Jippie! Ich umarmte sie. Gut gemacht, Mama, sagte ich mir, du bist mein braves kleines Mädchen. Im Stillen schrie ich meine Freude heraus, dass alles vorbei war. Und stellte mir gleich vor, was für eine Zukunft ich neu aufbauen könnte. Es war also doch nicht alles verloren. Ich hätte ein Zimmer für mich allein, das ich absperren könnte, und meine Mutter, um die ich mich kümmern würde. Keine Männer mehr. Keine Gefahr. Kein Ekel. Keine Übelkeit, keine Schmerzen. Zwei Frauen und ihr Hund. Das war alles. Und weitaus genug.

Aus Aberglauben beschloss ich, in Sainte-Estelle keinem etwas zu sagen. Ich hatte das ganze Jahr geschwiegen, und schließlich hatte sich alles gegeben. Genauso würde ich also weitermachen. Wenn man mich fragte, ob es mir gut gehe, sagte ich »Ja, ja!«, obwohl ich jede Nacht weinte und weiterhin um 4:20 Uhr aufwachte. Nur das Meer konnte meine Verstörung lindern.

Eine Woche später starb mein Großvater väterlicherseits. Als ich ihn zum letzten Mal gesehen hatte, stach ihm gerade eine Schwester im Barnezoner Krankenhaus eine riesige Nadel ins Brustbein. Er war sehr nett. Ich spielte immer Dame mit ihm. Der Kummer versöhnte meine Eltern und ließ sie alles relativieren. Für meinen Vater kam eine Trennung nicht infrage. Er liebte seine Frau, das Abenteuer zählte nicht. Meine Mutter verzieh ihm, aber sie ließ sich nie mehr täuschen.

Als ich zum Schulanfang wieder ins Haus der Familie kam, stürzten meine Träume, ich würde meine Ruhe haben, in sich zusammen, und ich sagte mir, dass die Jungs mit ihren Pimmeln nun wirklich überflüssig waren, oder unnütz, oder schädlich für das Leben der Mädchen. Jedenfalls tat es weh. Und egal, was passierte, man hatte immer den Mund zu halten.

Ein Monat verging, und Virgil, der schon mit neun Jahren erklärt hatte, jetzt, wo er bis hundert zählen könne, höre er auf zu lernen, denn mehr als hundert Kühe hätte er später als Bauer doch nie in seinem Stall, rannte von zu Hause weg. Meine Eltern fanden ihn in den Alpen wieder, in Chamonix. Virgil erklärte ihnen, er wolle als Einsiedler leben, die Natur sei seine Leidenschaft und er könne den Gedanken nicht mehr ertragen, weiterhin in der Stadt vor sich hin zu vegetieren. Was er brauche, sei die Ruhe der Berge, die Schönheit der weiten Räume und die Nähe der Tiere, um sich zu entfalten.

Er war gerade achtzehn geworden und nahm eine Stelle als Saisonarbeiter in der Bergstation an. Aber sobald er konnte, kam er nach Barnezon, wo er mir wieder und wieder erklärte, dass er mich später mit einem reichen Mann verheiraten würde, dass ein hübsches kleines Mädchen zu nichts anderem gut sei, und dass das im Übrigen die beste Art und Weise sei, meinen großen Brüdern ein sicheres Auskommen zu garantieren. Mit meinen acht Jahren starrte ich ihn an wie gelähmt.

5

Mich ärgert der Gedanke, mein Mann könnte nie wieder arbeiten wollen, so gern, wie er den lieben langen Tag an meiner Seite plappert. Ich nehme einen Stuhl, stelle ihn im Badezimmer neben die Wanne, in der er immer noch liegt, und fange noch mal an: »Und wenn du ein Stück über die Enthaltsamkeit schreibst?«

»Das ist doch kein Thema.«

»Warum nicht? Kant hat auch Keuschheit gepredigt. Um als Denker mehr Leistung zu bringen, hat er Spucke, Schweiß und sein Sperma gespart, er war nämlich überzeugt, der nicht veräußerte Samen würde sich in einen inneren Jungbrunnen verwandeln und ihm spirituelle Kraft verleihen. Beim Schlafengehen hat er sich, um sich in der Nacht nicht zu besudeln, angeblich in seinen Laken *sarkophagiert.*«

»Ja, aber das ist kein Thema.«

»Doch. Erzähl die Geschichte von einem Mann, der seine neu erwachte Lebenslust dem rasenden Begehren nach dem Körper seiner Geliebten verdankt.«

Gleich am Tag nach unserem ersten Treffen hat mein Mann mich angerufen und wollte mit mir ausgehen. Als ich ihm sagte, dass ich für diesen Abend bereits eingeladen sei, war er nicht enttäuscht und hat auch kein anderes Datum vorgeschlagen. Er meinte nur: »Egal, ich ruf dich demnächst wieder an.« Bei seinem Tonfall habe ich sofort aufgemerkt. Wenn er eine Enttäuschung derart gut wegsteckte, war es völlig zwecklos, ihn zurückzuweisen oder warten zu lassen, wie es bei einem verwöhnten oder hastigen Mann manchmal von Vorteil sein kann. Nein, ich musste ihm zeigen, wie wohltuend der Umgang mit mir war. Also sagte ich meine Einladung ab und ging mit ihm ins Restaurant.

Nach dem Essen hatte er Lust auf einen Spaziergang. Wir sind einmal durch mein Viertel gegangen. Vor meiner Haustür wollte er mit raufkommen. Es war mir nicht recht, dass es so schnell ging. Ich dachte nach. Wenn ich ihn wegschickte, würde ihn das nicht besonders verstören, er war seinen Entbehrungszustand ja gewohnt und hatte ihn offenbar unter Kontrolle. Also habe ich ihn hereingelassen. Kaum hatte er einen Fuß in meinem Hausflur, da hat er mich mit umwerfender Leidenschaft geküsst, bis wir oben waren. In meiner Wohnung habe ich erst mal darauf hingewiesen, dass wir nicht gleich miteinander schlafen würden. Ihn hat das nicht weiter gestört. Ein paar Sekunden später fand ich mich nackt auf meinem Bett, seine Augen zwischen meinen Beinen. Mein Geschlecht faszinierte ihn. Plötzlich ist er eingetaucht.

Ganz oft löchere ich meinen Mann mit Fragen über seine Enthaltsamkeit. Ich verstehe nicht, wofür er sich bestrafen wollte, indem er sich so lange derart schlecht behandelt hat. Er sagt immer wieder, als ihm einmal klar gewesen sei, dass er nur erbärmliche Beziehungen mit dauerrolligen Hysterikerinnen hatte, habe er beschlossen, aus Selbstschutz ganz damit aufzuhören. Anfangs habe sich das angefühlt wie eine Diät, eine bewusste Entscheidung, um etwas für seine Gesundheit zu tun. Später wurde es Kopfsache, eine Art Selbstverpflichtung, fast schon eine Kampfansage. Den Mädchen, die ihn umgarnten, antwortete er, dass er keinen Sex habe. Irgendwann war sein Körper abgestumpft. Kontakt hielt er nur zum intellektuellen Teil seiner Persönlichkeit. Der Rest war ihm gleichgültig. Abends hatte er das Gefühl, im Bett neben einem Fremden zu liegen, den er nicht kannte. Er trug jetzt Schlafanzüge, um auf Distanz zu seinem Geschlecht zu bleiben. Er fasste sich nicht mehr an. Er sagte, er sei tot gewesen, ein Gespenst.

Was er mir da erzählt, bekümmert mich. Und macht mich wütend.

»Warum hast du dich so gehen lassen? Sieben Jahre, das ist ganz schön lang.«

»Wie schon Ovid sagte: ›Ich sehe und lobe das Bess're, folge dem Schlechteren doch!‹«

»Oder hast du auf mich gewartet? Mich oder keine. Du warst mein Dornrütchen im Märchenschlaf.«

»Wenn du meinst.«

»Dann war deine Verweigerung eigentlich total romantisch ... Ich hab's!«

»Was denn?«

»Schreib ein Stück über unsere Geschichte.«

»Das heißt?«

»Der Titel wäre *Mein Dornrütchen im Märchenschlaf.*«

»Und worum ginge es?«

»Um einen Mann, der in seinen Selbstvorwürfen verstrickt ist.«

»Und?«

»Die mangelnde Befriedigung machte ihn schöpferisch, und jetzt, wo er satt und zufrieden ist, bringt er nichts mehr fertig.«

»Und was wäre dabei die dramatische Situation?«

»Find's raus, du bist der Profi.«

»Hör auf, dich immer auf mich zu verlassen.«

Da hat er nicht unrecht.

»Oder versuch mal was Experimentelles. Du könntest zwei Verliebte inszenieren, die ihr Leben nackt und ineinander verschlungen verbringen. Die Leute würden sie hüten wie ein Kunstwerk. Man würde sie in einer Vitrine ausstellen. Die Passanten würden sie bewundern. Sie wären begeistert: ›Oh, wie schön ist doch die Liebe, schaut nur, sie bewegen sich!‹«

»…?«

»Ich fürchte, das Glück hat dich traumatisiert, und mein Urteil, oder eher das, was du dir unter meinem Urteil vorstellst, hindert dich am Vorwärtskommen. Als würdest du mir meinen Einfluss auf dich übel nehmen. Obwohl ich nie von dir verlangt habe, mir zu gehorchen.«

»Machst du Witze?«

»Nein, ich sag's dir, du gehorchst mir liebend gern. Übrigens will ich nicht mehr, dass du mich so sehr liebst.«

»Wirst du wohl den Mund halten!«

»Wir können auch so weiterleben, und wenn wir völlig blank sind, bringen wir uns um.«

»Auf Selbstmord vertraue ich nicht. Ich weiß nicht, warum der Tod besser sein soll als das Leben.«

»Und wenn wir kein Geld mehr haben?«

»Wenn du dir Sorgen um unsere Zukunft machst, heißt das, du vertraust mir nicht. Das verändert natürlich mein Bild von dir und auch unser Jetzt. Und wenn das Jetzt ein anderes ist, will ich keine Zukunftspläne mehr mit dir machen.«

»Also dann werde ich wieder sorglos und unbeschwert.«

»Zu spät! Ich habe die Sorge in deinem Gesicht gesehen, jetzt kann ich nichts anderes mehr denken. Der Wandel ist unaufhaltsam.«

Verwirrt gehe ich in mein Zimmer und ziehe mich an. Aus dem Fenster, das auf einen Park hinausgeht, sehe ich, dass der Schnee nicht liegen geblieben ist. Aber mein Wunsch, ans Grab meiner Mutter zu fahren, quält mich noch genauso. Ich möchte da einen Teil der Nacht verbringen. Sie nicht allein lassen. Ihr sagen, dass ich sie liebe. Ihr zeigen, dass ich nicht so sehr gealtert bin, dass es mir gut geht, dass ich immer noch hübsch bin.

Meine Mutter war die Liebe meines Lebens. Ich habe sie wie von Sinnen geliebt. Als Kind fing ich an zu heulen, sobald sie wegging. Sie musste heimlich aus dem Fenster steigen. Und als ich im Schulalter war, schrie ich morgens mindestens zwanzigmal durch die Haustür: »Auf Wiedersehen, Mama, ich liebe dich, Mama, auf Wiedersehen, Mama, ich liebe dich, Mama.«

Es war ein Drama, mich von ihr zu trennen. Lachend sagte sie, dass ich sie so liebte, sei die Schuld des Arztes, der bei meiner Geburt drei Stunden lang meine Nabelschnur nicht durchgeschnitten hatte. Es kränkte mich, dass sie meine Liebe klinisch begründete. Meine schönsten Erinnerungen sind die Tage, als mein Vater unterwegs war und ich bei ihr schlafen konnte. Als Erwachsene hatte ich diese Gewohnheit beibehalten. Meinen Vater amüsierte das, er schlief dann im Gästezimmer.

Ich liebte meine Mutter, und doch war ich nicht immer besonders liebevoll zu ihr. Mit achtzehn brachte ich sie eines Abends, als sie gerade ausgehen wollte, zum Weinen, ich hatte ihr hingeknallt, um nichts in der Welt wollte ich sein wie sie. Panisch, mit Tränen in den Augen, hatte sie meinen Vater gefragt, im Blick eine Mischung aus Schmerz und Unverständnis: »Aber warum redet Marie so mit mir?«

Ich bin außer mir bei dem Gedanken, die Verabredung mit meiner Mutter zu verpassen, und gehe wieder zu meinem Mann.

»Los, bitte, komm mit nach Vieuville.«

»Wir fahren im Frühjahr.«

»Nein, wichtig ist es jetzt.«

»Mir ist nicht klar, warum.«

»Wenn die Seele meiner Mutter wandelt, dann wird sie meinen, dass ich zu Weihnachten bestimmt bei ihr sein will, und dann kommt sie selbst auch.«

»Warum nicht an ihrem Geburtstag?«

»Oder an ihrem Todestag? Aber irgendwo muss ich eben anfangen. Also, kommst du?«

»Wenn du so darauf beharrst, werde ich irgendwann noch Ja sagen.«

»Eigentlich frage ich mich, ob ich nicht lieber allein gehe.«

Ich schließe die Augen und stelle mir vor, wie ich im Dunkeln auf dem Grab meiner Mutter stehe, in der festen Überzeugung, die Nähe zu dem, was ich immer noch für ihren Körper halte, könnte mir helfen, mit ihr zu kommunizieren. Wenn sie eine Feuerbestattung gewollt hätte, hätte ich das schrecklich gefunden. Ich mag lieber die Rituale im alten Ägypten, die Talismane und die Erinnerungen, die sie ins Jenseits mitnahmen.

»Meinst du, es ist kompliziert, meine Eltern in dasselbe Grab zu verlegen?«

»Mit Sicherheit.«

»Es quält mich, dass sie getrennt sind.«

»Das kann ich verstehen.«

»Meinst du, ich kann das schaffen?«

»Erkundige dich mal.«

»Dann müsste man wohl ein Grab öffnen und einen exhumieren?«

»Ja.«

»Aber wen? Meinen Vater oder meine Mutter?«

6

Meine Eltern haben sich in Paris kennengelernt, gleich nach dem Zweiten Weltkrieg, während ihres Studiums. Sie stammten aus diametral entgegengesetzten Milieus. Mein Vater war der Sohn eines Zöllners, er wusch sich nur einmal pro Woche in der Wanne mit warmem Wasser, die seine Mutter für die ganze Familie im Wohnraum aufstellte.

Gleichzeitig verbrachte mein Großvater mütterlicherseits, Edouard Pandéris, der mit fünfzig meine gerade erst achtzehnjährige Großmutter geheiratet hatte, sein Leben in Sainte-Estelle. Seine Sprösslinge wurden von Hauslehrern unterrichtet, die Hemden schickte er zum Bügeln nach London. Er hatte beschlossen, niemals zu arbeiten und sich stattdessen für die Anfänge der Diätetik zu interessieren, verbot also seiner Frau und seinen Kindern, rotes Fleisch zu essen oder Gebäck mit zu viel Butter und Zucker. Nur Brioches vom Bäcker kamen ins Haus, und jeden Tag wurde im Meer geschwommen, sommers wie winters. Er verwöhnte meine Großmutter, eine Kindfrau, die auf jeder Reise ihre Schmuckschatulle im Zug liegen ließ. Darüber lachte sie immer laut, zumal sie wusste, dass ihr Mann ihr neuen, noch schöneren Schmuck kaufen würde.

Dieser originelle Großvater verprasste munter sein Geld. Als guter Christ stand er im Morgengrauen auf, um zu beten, und nach dem Frühstück und einer (kalten) Dusche tat er Gutes und verschenkte seinen Besitz an bedürftige Maler, Dichter, Schöpfer, denn, so erklärte er, nur die Künstler verdienten seine Achtung.

Er starb verarmt, als meine Mutter siebzehn war. Er hatte das ganze Erbe seines Vaters, eines großen Gelehrten (wie Ferdinand), durchgebracht. Die Familienlegende besagt, dass dieser Vater eine bedeutende biologische Entdeckung gemacht haben soll, aber sein Assistent hat sie sich schneller patentieren lassen und ihn damit um die Vaterschaft an dieser Erfindung beraubt.

Wie dem auch sei, wenn wir die Sommerferien in Sainte-Estelle in einem seiner früheren Häuser an einer Straße verbrachten, die seinen Namen trägt, ergriff uns ein gewisser Stolz, und wir wurden zwangsläufig intelligenter als die Nachbarschaft. Nur dass keiner (bis auf Ferdinand) jemals auf den Gedanken kam, es diesem glanzvollen Vorfahren gleichzutun. Meine Mutter war die Einzige, die von ihrem Vater diese Form absoluter Selbstverleugnung und Bewunderung für die Künstler erbte, die übrigen Familienmitglieder ritten lieber auf diesem alten, in die Jahre gekommenen Ansehen weiter und hielten sich für etwas Besseres, wenn sie auf dem Dorfmarkt einkauften.

So ist es nur natürlich, dass meine Mutter sich kraft ihres Erbes von meinem Vater angezogen fühlte, der damals an der Kunsthochschule studierte. Sie begegnete ihm bei Freunden, wo er malte, um ein bisschen Geld zu verdienen, ein paar Bilder, die ein Kinderzimmer aufheitern sollten. Eine Stunde später lief sie zu ihrem Verlobten, einem reichen jungen Ägypter, und erklärte, sie werde ihn niemals heiraten, dann traf sie auf dem Pont des Arts meinen Vater in einem Kuss wieder, der angeblich die ganze Nacht dauerte. Sein malerisches Talent berührte sie, und ohne zu zögern, brach sie ihr Studium ab und ging arbeiten, um ihn zu unterhalten, damit er in aller Ruhe schaffen konnte, bis er von seiner Kunst leben konnte. Sie heirateten an einem Mittwoch um acht Uhr (die billigste Messe) im Beisein nur ihrer beiden Trauzeugen. Ihr Geld reichte entweder für ein Hochzeitsfoto oder für zwei Kaffeeschalen. Ganz pragmatisch entschieden sie sich für das Nützliche.

Heute kann ich mir also ihre strahlenden Gesichter nur vorstellen, meine Mutter in ihrem einzigen Kostüm und mein Vater mit seinem Knabengesicht und höchst zufrieden, dieses hübsche grünäugige Mädchen zu heiraten, das frei und wohlerzogen war und das er voller Stolz in seiner Zweizimmerwohnung mit Küche in der Rue du Ponceau unterbrachte, inmitten von Nutten und Zuhältern. Abends feierten sie in Saint-Germain-des-Prés, zusammen mit anderen, genauso abgebrannten Studenten, nächtelang führten sie philosophische Diskussionen. Es war ihnen egal, dass sie kein Geld hatten. Sie liebten sich und hatten Vertrauen. Sobald es schön wurde, sprang meine Mutter vom Pont Neuf und schwamm in der Seine, unter den bewundernden Blicken meines Vaters, der das Meer zum ersten Mal mit fünfundzwanzig sah, in Sainte-Estelle. Meiner Mutter war klar, dass es eine Zeit lang dauern würde, bis mein Vater ein anerkannter, großer Maler war, und so passte sie auf, dass sie nicht zu schnell schwanger wurde, aber das war damals noch schwierig.

Als sich zwei Jahre später der Bauch meiner Mutter schließlich rundete, nahm ihr Schicksal eine jähe Wendung. Paris war mit einem Baby zu teuer, und so zogen meine Eltern nach Sainte-Estelle zu meiner Großmutter, wo auch deren andere, gleichfalls verheiratete Kinder wohnten. Meine Mutter wurde Sekretärin bei einem Geschäftsmann, während mein Vater malte und sich um Virgil kümmerte. Aber irgendwann hielt er die Sticheleien seiner Schwiegerfamilie, er sei unfähig, seiner Frau ein Auskommen zu sichern, nicht mehr aus, knickte ein und suchte sich eine Arbeit.

Einer seiner Freunde verschaffte ihm eine Stelle als Lehrer in Barnezon. Meine Mutter war überzeugt, seine Beharrlichkeit würde sich irgendwann bezahlt machen, und bekniete ihn, nicht hinzugehen, zumal sie ihm gerade einen Mäzen vorgestellt hatte. Dieser reiche Amerikaner hatte ihm sogar bereits ein paar Gemälde abgekauft. Die Seitenhiebe aber hatten meinen schüchternen, freundlichen Vater so mürbe gemacht, dass er sich lieber seiner Verantwortung stellte und mit Frau und Kind nach Barnezon zog – zur großen Verzweiflung meiner Mutter, die davon träumte, nach Paris zurückzugehen oder wenigstens in Sainte-Estelle zu bleiben, damit Virgil eine Kindheit mit Strand und Meeresspaziergängen bekam.

Als ich zur Welt kam, hatte meine Mutter schon lange aufgehört zu arbeiten und kümmerte sich um meine drei Brüder, und mein Vater hatte an die zwanzig Mitarbeiter in einer Firma, die er gegründet hatte. Mir hat es nie an irgendetwas gefehlt. Meinen Eltern, die beschlossen hatten, die Wörter Ersparnis, Rücklage, Vermögensbildung und Vorsorge aus ihrem Wortschatz zu streichen, gefiel es, uns zu verwöhnen, sich zu amüsieren und zu tanzen. Wenn sie Gäste hatten, brachte meine Mutter mich in ihrem Zimmer zu Bett und trug mich in meines, wenn das Fest aus war, nachdem sie das Zimmer gelüftet hatte, das eiskalt war und nach Tabak stank. Manchmal lagen noch Keramiksplitter auf dem Boden, denn meine Mutter bat mit Vorliebe ihre Gäste, das Geschirr, das sie kiloweise kaufte, zu zerschlagen, um ihr den Abwasch zu ersparen.

7

Als ich in die Mittelschule kam, kauften meine Eltern das ganze Haus, in dem wir wohnten, und gaben mir ein Zimmer im ersten Stock. Mein erstes eigenes Zimmer! Ich ließ es mit Jeansstoff tapezieren. Ich war zwölf Jahre alt, 1,26 Meter groß und wog dreißig Kilo. Ich ritt und war in der Schule die Königin im Tischfußball. In der Mittagspause erhob ich ungeteilten Anspruch auf den Kickertisch. Und als Pascale Jeannin einmal versuchte, mich wegzudrängen, riss ich ihr ein Büschel Haare aus.

Meine Hobbys hätten mich aufblühen lassen sollen, die Wut, die tief in mir vergraben war, befrieden. Aber nein. Ich hatte eine Obsession: meine Mutter vor den Männern zu retten. Zu viele davon gab es zu Hause. Zum einen kamen die Freunde meiner Eltern regelmäßig zum Essen. Bei Einbruch der Nacht leerte sich eine Whiskyflasche nach der anderen, und dafür füllte sich das Haus mit Zigarettenrauch, während aus dem Wohnzimmer die angeregten Gespräche aufstiegen, in denen sich eine Welt voller Utopien abzeichnete. Mein Vater, ein gebildeter Schwärmer, verführerisch und lustig, der durch seinen Beruf viel in der ganzen Welt herumkam, liebte es, zu reden, einzuladen, zu lachen, zu trinken, seine edlen Weine auszuschenken, das beste Essen zu kaufen, bei jeder Mahlzeit ein Dutzend Gäste zu haben. Vor allem, niemals allein zu sein. Manchmal konnte er nicht anders, als seinen Ehevertrag mit ein paar Messerstichen zu bedenken. Wenn meine Mutter von seinen Dummheiten genug hatte, pinnte sie ihm seinen Schlafanzug auf die Haustür und schloss ab, sodass er keine andere Wahl hatte, als im Hotel zu übernachten. Oder sie setzte mich ins Auto und fuhr bis Sainte-Estelle, ihren Hort des Friedens, den einzigen Ort, an dem sie sich selbst spürte.

Dann waren da die Freunde meines Bruders André, achtzehn, der (ich habe nie verstanden, wie eigentlich) ein Fan von Johnny Hallyday geworden war. Einige wohnten praktisch bei uns in einem Zimmer, das meine Mutter ihnen im Dachboden eingerichtet hatte. Sie waren ganz von den Socken, dass sie einen Ort und Eltern gefunden hatten, bei denen sie sich in aller Freiheit ausdrücken konnten. In ihrer Erleichterung über diese Zuwendung waren sie Andrés einzige Bewunderer, wenn er mit Schlaghosen und schwarzer Lederjacke auf das Fensterbrett im Wohnzimmer stieg und (grottenfalsch) in ein Mikrofon grölte, sodass man bis ans Ende der Straße von den Rückschlägen des Lebens hören konnte:

»Les coups ah quand ils vous arrivent
Oh oui, oui ça fait mal
Les coups ah qui vous apprennent à vivre
Oh oui, oui ça fait mal ...«

Und mit seinen zweiundzwanzig Jahren war auch Virgil wieder nach Hause gekommen, um sich auf die Prüfung als Bergführer vorzubereiten. Wir stritten ohne Ende. Als er merkte, dass er keinen Einfluss mehr auf mich hatte, warf er mir mangelnde Disziplin vor. Eines Sonntags, als ich mich ihm gegenüber angeblich respektlos gezeigt hatte, zog er mich an den Haaren die Treppe hinauf bis in den ersten Stock, weil ich mich geweigert hatte, ihm zu gehorchen. Ich hatte solche Angst (und es tat so weh), dass ich es fertigbrachte, den Schrank vor meine Tür zu schieben, um mich einzuschließen und zitternd zu warten, bis meine Eltern zurück waren. Ihm gegenüber blieb ich stumm, bestimmt würde er sich eines Tages ändern. An einem anderen Sonntag, als er mir beim Frühstück wieder eingehämmert hatte, er würde mich, wenn ich groß war, verheiraten, hatte ich um ein Pferd gewettet, dass ich mit dreißig noch Junggesellin wäre.

Unter diesem patriarchalischen Regiment blieb nur Ferdinand lieber in seinem Zimmer und büffelte Biologie. Jetzt, da er fünfzehn und verlobt war, tummelten sich in seinen Aquarien seltene Fische, die meine Eltern ihm zu jeder seiner hervorragenden Noten schenkten.

Sonntags abends saß die ganze Familie bei einem Film vor dem Fernseher, der nur an diesem Tag angeschaltet wurde. Meine Mutter machte uns eine Schweizer Brotzeit: Brioches, warmen Kakao, gekochte Eier, Toaststreifen mit Butter und Bergkäse, die wir von Tabletts auf unseren Knien aßen, neben meinem Hund, der den ganzen Platz auf dem Sofa wegnahm.

Als mir bewusst wurde, dass meine Mutter, Liebhaberin von Literatur und Musik, die Rolle der Haussklavin ausübte, die all diesen Männern die ständig hungrigen Mäuler stopfen musste, arbeitete ich nach der Schule von fünf bis sieben in der Bäckerei, außerdem samstags und sonntags vormittags, um so viel Geld zu sparen, dass ich ein Apartment mieten und mit ihr und meinem Hund dort einziehen konnte. Seit mir klar war, dass die Chefin (noch so eine mit gelben Haaren und schwarzem Ansatz) mich nur genommen hatte, damit ich ihr den Laden hütete, während sie sich von meinem Vater vögeln ließ, tröstete ich mich damit, dass ich regelmäßig hundert Francs aus ihrer Kasse klaute. *Pretium doloris!* Davon kaufte ich Geschenke für meine Mutter.

Mitten in einer Perspektivübung hatte mich meine Zeichenlehrerin, eine Freundin meiner Eltern, gefragt, warum ich mit meinem Vater nie zärtlich oder auch nur freundlich war, er hatte ihr gestanden, wie unglücklich er war, dass ich nicht mit ihm reden wollte, wo er mich doch liebte und auf mein Zeichentalent so stolz war. Ich antwortete, wenn das so sei, na, dann würde ich einfach nie wieder zeichnen. Und knallte meine Skizzenhefte in die Ecke.

Da die Arbeit in der Bäckerei und das Reiten meine ganze Zeit beanspruchten, gewöhnte ich mir an, meine Hausaufgaben in letzter Minute zu machen, auf den Knien, fünf Minuten vor der Stunde. Das Lernen kam mir so abstrakt vor. Ich konnte aus der Situation heraus Lösungen für die nahe Zukunft finden, aber mich auf etwas Langfristiges zu konzentrieren, brachte ich nicht fertig. Ich lebte im Zeitdruck. Im Reagieren. Ich nahm nichts hin.

Wegen meiner Zerstreutheit kam ich vor meinen ersten Disziplinarausschuss und zu einer Psychologin. Die

Psychologie trat gleichzeitig in mein Leben wie der bärtige Gitarrist, der bei meiner heiligen Kommunion Orgel und Chor ersetzte. Es war schrecklich! Sogar mein Hund war vor dem Ende gegangen. Statt meiner Eltern hatte er mich in die Kirche begleitet, denn nachdem die sich bereits die Kommunion meiner drei großen Brüder gegeben hatten, hatten sie mehr als genug von der Religion ihrer Kinder.

Die Psychologin kam zu dem Schluss, dass ich mich mit allen verhielt wie mit meinem Hund, man musste mir gehorchen, sonst wehe. Von wegen! Mein Hund war sehr unabhängig. Er war ein reinrassiger Samojede, und die duldeten keine Autorität. Sein Vater war in Grönland sogar Meutenanführer gewesen. Also was! Mein Mann sagt mir manchmal dasselbe. Dann halte ich den Mund.

»Stimmt nicht, du hältst nie den Mund.«

»Ich rede vielleicht viel, aber ich habe lange den Mund gehalten.«

Während der Direktor und die Lehrer über meinen Fall befanden, erwartete mich die halbe Schule im Pausenhof. Ich stieg auf einen Tisch und erzählte ihnen alles: ich, ich, ICH! Das tat mir gut. Endlich schwamm ich obenauf. Das gefiel mir. Ich beschloss, mich immer bemerkbar zu machen. Und Schauspielerin zu werden.

In der Bibliothek, wo ich meine Bücher auslieh (ich war übergangslos von *Fünf Freunde verfolgen die Strandräuber* auf Biografien berühmter Maler umgeschwenkt, mit einer Schwäche für Modigliani, dessen *Frauenbildnis mit Krawatte* als Poster über meinem Bett hing), hatten ein paar Ältere von mindestens fünfundzwanzig Jahren eine Theatergruppe gegründet.

Ich beschloss, mich dort einzunisten. Als ich in den gigantischen Saal trat, in dem sie probten, meinte ich Spötteleien zu hören, vielleicht wegen meiner Cowboystiefel mit Absatz (ich hatte darauf bestanden, dass meine Mutter sie mir kaufte), die kaum zu meiner noch kindlichen Figur passten. Wenn sie meinten, sie könnten mich kränken, hatten sie sich geschnitten! Ganz im Gegenteil, da ich so vorlaut war, konnte mich das nur noch forscher machen. Als sie mir erwiderten, ich sei zu jung, um bei ihnen mitzumachen, fragte ich sie nach ihrem Theaterprojekt.

»Wir improvisieren heute zum Thema Familie!«, antwortete mir ein Langhaariger. Da warf ich mich auf den Boden und heulte und zappelte wie wild umher, sodass sie mir schließlich vorschlugen, ihrer Gruppe beizutreten. Zu Jahresende spielte ich vor vollem Saal ein Königskind in einem Stück von Ionesco.

Vor allem aber bestritt ich meine eigene Show und ließ mich systematisch überall rauswerfen. Als ich die Mittelschulen von Barnezon durchhatte, kam ich mit vierzehn ins Internat, eine andere Lösung gab es nicht. Ich hasste es, so weit weg von meiner Mutter zu sein und sie nur noch am Wochenende zu sehen. Die Fahrten machte ich per Anhalter. Das war schneller und billiger als Bus oder Zug. In den Lkws strickte ich. Manchmal riss ich aus und fuhr nachts nach Hause, um in meinem Bett zu schlafen. Meine Eltern schliefen tief und fest im Erdgeschoss und hörten mich nicht kommen. Mein Hund wedelte stumm mit dem Schwanz. Und um sechs Uhr fuhr ich wieder los. Ich ruhte mich nie aus. Höchstens im Unterricht.

Einmal im Winter wäre ich fast erfroren. Ich hatte zu Hause geschlafen. Am nächsten Tag nahm mich jemand mit und setzte mich an einer einsamen Straßenkreuzung mitten auf dem Land ab. Es schneite. Es war neblig. Man sah nichts. Schon gar nicht mich am Straßenrand, ein Eismännchen zwischen zwei Schneewehen. Zum Glück vermutete mich ein Autofahrer, der mich häufig mitnahm, an dieser Kreuzung, da ich nicht am Ortsausgang von Barnezon gestanden hatte. Er hat gehalten und gerufen. Es gab nette Menschen, aber vor den Lkw-Fahrern hatte ich Angst.

Wenn die Direktoren der neuen Schulen, in denen ich alle drei Monate landete, meine Akte lasen, ließen sie mich Briefe unterschreiben, in denen ich mich verpflichtete, meine Mitschüler nicht abzulenken. Ich versprach es. Ich setzte mich hinten in die Klasse und sprach mit niemandem. Ich beobachtete. Ich identifizierte die guten Schüler. Dann, irgendwann, griff ich ein. Ich wurde Bandenchefin, aber die Bande interessierte mich nicht. Ich wusste nicht, was ich mit diesen Mädchen anstellen sollte, die mich zu mögen und anzusprechen begannen. Ich wollte nicht, dass man mich mochte. Also wurde ich unausstehlich und ließ mich rauswerfen.

Mit fünfzehn (ich sah aus wie zwölf), nach dem x-ten Rauswurf kurz vor den Osterferien, dauerte es länger, bis meine Mutter, die nach einer Lösung suchte, anstatt mich zu bestrafen, damit ich eine normale Schulbildung erhielt (sie predigte mir immer wieder, für eine Frau sei ein Beruf extrem wichtig, um von den Männern finanziell unabhängig zu sein), eine Schule für mich fand, und solange ging ich in die Schweiz und arbeitete in einer zwielichtigen Kneipe in einer von Alkoholikern bewohnten Gegend. Ich hatte eine achtzehnjährige Freundin gebeten, mich zu begleiten. Da sie einen dicken Busen hatte, stellte der Wirt sie an die Tanzbar, während ich schuften musste und die Bierkästen aus dem Keller heraufschleppte.

Eines Abends legte mir ein Gast die Hand auf den Hintern. Ich ohrfeigte ihn. Der Boss schimpfte mich. Ich schnappte mir meine sexy Freundin und türmte. Drei Nächte lang schliefen wir in einer Turnhalle, dann fuhr sie nach Hause und ich nach Sainte-Estelle, wo ich mich als Kellnerin in einer Hafenkneipe anstellen ließ.

Kurz vor ihrem Tod habe ich meine Mutter gefragt, warum sie und mein Vater mich nie gezwungen haben, ihnen zu gehorchen.

»Meinst du etwa, das hätten wir gekonnt?«

Unterdessen hatte Ferdinand der Weise, die Verkörperung der Klugheit, der Überlegtheit, der Gewissenhaftigkeit, sich radikal verändert. Begonnen hatte seine Wandlung, als er siebzehn war. Einmal beim Abendessen hatte er meinen Vater angeschrien, nach dem, was er gesehen habe, könne es ihm nie wieder gut gehen, dann war er abgezogen und hatte die Tür hinter sich zugeknallt, seine Stimme überschlug sich vor Bissigkeit und Enttäuschung. Es war das erste Mal, dass ich ihn so sah. Er, immer adrett und einer der besten Schüler am Gymnasium, fing an zu schwänzen, lief in tarnfarbenem Drillich herum, ließ die Hemden unter dem Pullover heraushängen und erklärte den lieben langen Tag, die Welt sei ein einziger Sumpf und die Biologie interessiere ihn nicht mehr. Er ließ sich auch die Haare wachsen und kümmerte sich nicht mehr um seine Fische, sondern gründete einen freien Radiosender. Fortan ragte zeitweise eine Antenne aus dem Dachboden, und bärtige Genossen spielten bei uns Revolution.

Mein Vater war überzeugt, dass zu einer ausgeglichenen Jugend auch eine Phase der Rebellion gehörte, unterstützte sie, und so kam es in unserem Wohnzimmer regelmäßig zu großen, generationenübergreifenden Debatten.

8

Mein Mann liegt immer noch (es ist fast Mittag!) in seiner inzwischen völlig kalten Badewanne.

»Ich verstehe nicht, dass du das Meer nicht magst, aber stundenlang in der Badewanne liegen kannst.«

»Das ist etwas ganz anderes.«

Mein Mann ist kein Ferienmann. Er mag weder das

Meer noch das Skifahren. Fliegen mag er auch nicht. Im Übrigen fliegt er auch nie. Er hasst das Verreisen, es sei denn aus beruflichen Gründen. Er versteht nicht, warum es anderswo besser sein sollte als zu Hause in der Wohnung, die wir gemeinsam gesucht, eingerichtet, verschönert haben. Er versteht nicht, warum man Tausende Kilometer zurücklegen sollte, um sich inmitten von Armut, Staub, Krankheiten wiederzufinden, wo doch in Paris alles so hübsch ist. Und wenn er Paris sagt, meint er Saint-Germain-des-Prés. Die anderen Arrondissements öden ihn an.

Würde ich sagen: »Komm, wir fahren nach New York«, dann würde er mir sofort mit dem Ärger auf verstopften Flughäfen kommen, dem stundenlangen Warten, den Zollkontrollen, und dann würde er sich ausmalen, wie das Flugzeug mitten über dem Atlantik abstürzt. Der Sturz wäre furchtbar. Alle Passagiere würden schreien, nur er nicht. Er würde als Einziger seine Würde bewahren. Er würde nichts sagen, weil er schon vorher wusste, dass es so kommen würde. Er wäre vorbereitet, sozusagen, würde sich aber vorwerfen, nicht auf seine Intuition gehört zu haben.

»Verdammt, mir geht's gut zu Hause«, sagt er mir jedes Mal, wenn ich ihm von meiner Lust erzähle, in der Karibik zu schwimmen. Manchmal mache ich mir den Spaß, ihn mit seiner eintönigen Stimme nachzuahmen. Stunden kann das so gehen: »Meine Frau fehlt mir! Ich habe eine Fischfrau, die weggefahren ist zum Sonnenbaden, obwohl ich ihre Blässe liebe. Ein völliges Rätsel.

Sie hat mir erklärt, sie sei fix und fertig, sie müsse jetzt auf dem warmen Sand herumhüpfen. Wenn ich mit ihr schlafen will, bleibt mir nur eine Lösung, ich kaufe ein Flugticket. Seit ich es bei Air France bestellt habe, ist mir übel. Mein Koffer ist fertig. Er ist leer. Ich weiß nicht, was ich einpacken soll. Für mich packt meine Frau. Ich fahre ja schon nicht gerne weg, aber wenn ich außerdem noch überlegen soll, was ich mitnehmen muss, das macht mir zu viel Druck. Diese Vorbereitungen machen mich fertig. Ich nehme einfach nur meinen Computer, meinen Fotoapparat und die Ladegeräte. Das kann ich. Und dann meine Zahnbürste, die Zahnpasta, Unterhose und T-Shirts. Schwarze. Ich bin nicht sicher, ob ich dort welche finde. Wahrscheinlich haben sie da nur Farben fürs Glück. Letzten Sommer hat meine Frau mich weiß eingekleidet. Das hat mir nur Unglück gebracht. Ich habe alles weggeworfen. Ersatzhosen und Jacken brauche ich auch nicht. Ich schlafe mit meiner Frau und fahre wieder. Nach Hause. Da mir schon beim Gedanken an die Heimfahrt wieder übel wird, brauche ich gar nicht länger dazubleiben. Oder ich bleibe einfach im Hotelzimmer. Mit Schuhen und Strümpfen. Ich kann Sand zwischen den Zehen nicht ausstehen. Aber ich liebe meine Frau, also, ja, ihr bescheuertes Flugzeug werde ich nehmen. Die Stewardess wird mir eine Tablette geben. Mir sagen, dass ich damit schlafen werde wie ein Baby. Ich will kein Baby sein. Ich habe es gehasst, Kind zu sein. Das Schlimmste, was mir passieren könnte, wäre, zu sterben und zu sehen, wie mir am anderen Ende des

Tunnels meine Eltern zuwinken. Es wäre die Hölle, die Ewigkeit an ihrer Seite zu verbringen. Sollte ich sie wirklich im Paradies wiedertreffen, mir doch egal, dann mache ich kehrt. Sie waren nett, aber ich will mich nicht zu Tode langweilen. Die Tablette werde ich übrigens nicht nehmen. Ich will nicht, dass es mir besser geht.«

»Wenn du mit mir fliegst, passiert dir nichts«, sage ich meinem Mann, um ihn zu überreden.

Ich war sechzehn und nahm Flugstunden in einer einmotorigen Robin. Ich war immer noch nicht gewachsen. Der Lehrer legte mir ein Kissen unter den Hintern und eines in den Rücken, damit ich an die Pedale kam. Aber Busen hatte ich schon. Er war ganz plötzlich gewachsen. Eines Nachmittags hatte ich überlegt, dass ich nicht gerne einen dicken Busen hätte. Am nächsten Tag im Matheunterricht war mein BH explodiert.

Meine Eltern gingen abends gern aus, und mein Vater trank genug, dass die Polizei ihm, obwohl sein Auto den Heimweg auswendig kannte, regelmäßig den Führerschein abnahm. Dann mietete er für seine Dienstreisen kleine Flugzeuge. Einmal, an einem Freitag, musste er tags darauf zu einer recht weit entfernten Baustelle, und da ich nach dem x-ten Schulrauswurf zu Hause war, fragte ich ihn, ob ich ihn begleiten dürfe.

»Nein. Stell dir vor, wir haben einen Unfall«, erwiderte mein Bruder André mit seinen zweiundzwanzig Jahren.

»Einen Unfall! So ein Schwachsinn!«, antwortete ich mit verdrehten Augen und im Tonfall der entnervten

Teenagerin, die überzeugt ist, sich mit dem Leben auszukennen.

»Morgen wecke ich dich und nehme dich mit«, versprach mein Vater.

Geweckt hat mich mittags der Flughafen. Das Flugzeug war abgestürzt. Der Dussel von Pilot hatte es eilig gehabt, nach Hause zu kommen, und nicht das Wetter abgefragt. Kaum hatte er abgehoben, zog ein Sturm auf. Statt aufzusteigen, um nach ruhigen Zonen zu suchen, hatte er versucht zu landen. Dabei war er in den Sog geraten, hatte die Kontrolle über die Maschine verloren, Loopings gedreht und war dreimal haarscharf über den Kontrollturm hinweggerast, in dessen Restaurant im Obergeschoss sich die Gäste panisch unter den Tischen verkrochen. Irgendwann war das Flugzeug am Rand der Flugbahn aufgeprallt. Das Benzin sickerte meinem Vater in den Nacken, er war zwischen den Armaturen eingeklemmt, zum Glück hatte die Maschine kein Feuer gefangen. André hatte mit gebrochenem Rücken die Kraft gefunden aufzustehen und den Sanitätern geholfen, seinen Vater zu bergen. Als er wusste, dass der in Sicherheit war, brach er zusammen und stand erst ein Jahr später wieder auf, nachdem er monatelang geglaubt hatte, er würde für immer gelähmt bleiben. Mein Vater hatte einen gebrochenen Kiefer und zertrümmerte Arme. Meine Mutter machte sich daraufhin Sorgen und bat mich, mit den Flugstunden aufzuhören.

»Gut, dass du mir das erzählst«, schließt mein Mann, »wir werden dann weiter Zug fahren.«

9

Seit seinem Flugunfall hatte mein Vater ein schlimmeres Leben als unter einem bösen Fluch (oder war er von einer afrikanischen Mätresse in Gabun verzaubert worden?). Nach mehreren Operationen verbrachte er fünf Monate im Krankenhaus, dann ein Jahr zu Hause im Bett, und vom Flugverein bekam er nicht die geringste Entschädigung. So erfuhren wir, dass die Betreiber das Flugzeug nie versichert hatten (lieber verzechten sie die Beiträge). Mein Vater erhielt auch von seiner beruflichen Versicherung keine Erstattung. Dazu erkannten sie einfach nie an, dass er an einem Samstag, dem Reisetag, hätte arbeiten wollen. Und da er selbstständig war, hieß das, dass zu Hause kein Franc mehr in die Kasse kam.

Während seiner Rekonvaleszenz musste er seine Firma seinen Geschäftsführern und seinem Buchhalter anvertrauen, und unterdessen griff er wieder zum Pinsel und malte riesige, abstrakte Gemälde, rote, gelbe, orange, phantastische. Nach fünfundzwanzig Jahren, in denen er die Finger von der Malerei gelassen hatte, war sein Talent immer noch da. Verdrängt. Zum Sprung bereit.

An dem Tag, als mein Vater genesen war und wieder zur Arbeit gehen konnte, nahm ihn einer seiner Freunde mit zu dem Grundstück, das er gerade gekauft hatte. Allerdings hatte er wohl nach dem Essen zu viel getrunken und seine Frau ans Steuer gesetzt, die aber keinen Führerschein hatte und mit Vollgas in ein anderes Auto raste. Niemand wurde verletzt, bis auf meinen Vater, der mit kaputtem Rücken auf direktem Weg wieder ins Krankenhaus kam.

Damit seine Frau nicht vor Gericht kam, bat wohl der betrunkene Freund meinen Vater, die Verantwortung zu übernehmen. Und der war so nett und willigte ein. Wieder bekam er keinerlei Entschädigung von seiner Versicherung, und auch nicht von der seines Freundes, die ihm ja nun nichts mehr schuldete, und meinem Vater blühte wieder ein Jahr Krankschreibung ohne jegliches Einkommen.

Und da steckte er auf den Rat seines (korrupten) Buchhalters seine gesamten Ersparnisse in die Firma, um sie wieder auf die Beine zu bringen, freilich ohne zu wissen, dass hinter seinem Rücken seine Geschäftsführer (meistens Freunde oder Söhne von Freunden!) die gesamte Kundschaft in Unternehmen abgeworben hatten, die sie heimlich gegründet hatten. Und während mein Vater, der bei null angefangen hatte, seine Familie hatte ernähren und ihr ein gutes Auskommen verschaffen können, ein Haus und ein Boot gekauft und seine Angestellten üppig nach einem Solidaritätsprinzip bezahlt hatte, dem zufolge mit den Gewinnen der Firma automatisch die Löhne stiegen, stellte er von heute auf morgen fest, dass er pleite war und seine Firma schließen musste.

André dagegen verblüffte uns mit seiner Zuversicht, seinem Humor, seinem Durchhaltevermögen und seinem

Optimismus. Er lag im Krankenhaus von Barnezon, gelähmt und ohne Aussicht, je wieder laufen zu können, und trotzdem konnte er lachen und sich weiter für die elektronischen oder elektrodynamischen Systeme interessieren, die er erfinden wollte, wenn er sein Ingenieurstudium beendet hatte. Der Chefarzt wollte ihn operieren, was uns Sorgen machte, denn dieser Professor war bekannt dafür, dass er seine Patienten reihenweise zu Krüppeln machte, und das sogar bei harmlosen Eingriffen. Zum Glück hatte ein junger Rückenspezialist, der neu im Haus war, aber schon einen hervorragenden Ruf genoss, meine Eltern überzeugen können, André in seine Obhut zu geben. Doch dazu mussten sie tricksen, denn der Professor hatte keinesfalls vor, einen so kompetenten Arzt, der womöglich auf seine eigenen Schwächen hinweisen könnte, in seiner Abteilung zu dulden, und hatte ihn auf die Kinderstation abgestellt. Von dort hatte er auf die Traumatologie keinerlei Anrecht. Also wurde eine Expedition gestartet.

Eines Morgens vor Tagesanbruch kam der junge Arzt mit Unterstützung von drei Assistenzärzten, entführte André und brachte ihn in den Krankenhauskeller, wo er ihn trotz Kälte und Feuchtigkeit an den Wasserrohren aufhängte, um seinen Rücken so weit wie möglich zu strecken, und ihn eingipste. Als das geschafft war, legte der flinke Trupp André in sein Bett zurück, als sei nichts gewesen, und wartete auf das Eintreffen der Krankenschwester, die in einem Aufschrei ihren Chef alarmierte.

Die beiden Ärzte wurden handgreiflich. Meine Eltern mussten eine Entlastungsbescheinigung unterschreiben, und André wurde die weitere Behandlung versagt. Meine Mutter und ich wechselten uns damit ab, ihn zu füttern und zu waschen. Da ich vor September nicht wieder in die Schule kam, konnte ich mich um ihn kümmern.

Ein paar Monate später holte ihn der Physiotherapeut aus dem Bett, um ihm bei seinen ersten Schritten zu helfen, aber der Professor weigerte sich, ihm die Gerinnungshemmer zu verschreiben, die Patienten, die lange liegen müssen, normalerweise einnehmen, und sein linkes Bein begann außerordentlich anzuschwellen. An einem Sonntagabend war ich so besorgt, dass ich, bevor ich ging, die Nachtschwester um ein Zentimetermaß bat, weil ich Andrés Schenkelumfang messen wollte – er war doppelt so dick wie normalerweise. Sie gab mir keines, unter dem Vorwand, ich sei nicht vom Gesundheitsfach.

Kochend vor Wut raste ich auf meiner orangen Peugeot 103 nach Hause und alarmierte meine Eltern. Sie sagten sofort einem ihrer Arztfreunde Bescheid, der am nächsten Morgen, sobald das Krankenhaus öffnete, André eine Spritze gab. Sonst wäre er ein paar Stunden später an einer Venenentzündung gestorben.

Wieder wurden die beiden Ärzte handgreiflich, offenbar war das in Barnezon im Weißkittelmilieu so üblich, aber obendrein schlief der Professor auch noch mit der Frau des Arztfreundes, was ihr Verhältnis wohl nicht gerade verbesserte. Barnezon stand übrigens in dem Ruf einer Stadt, in der viele uneheliche Kinder zur Welt kamen.

»Ich habe auch einen Halbbruder, den ich nicht kenne.«

»Wirklich?«, staunt mein Mann.

»Sieben Monate nachdem ich die Frau meines Zahnarztes nackt auf meinem Sofa gesehen habe, hat sie einen Jungen zur Welt gebracht, der, halt dich fest, den Vornamen meines Vaters trägt.«

»Vielleicht war es ja für den Zahnarzt eine willkommene Rache, das arme Kind immerzu anzuschreien.«

»Angeblich gleicht er meinen Brüdern bis aufs Haar.«

Als André aus dem Krankenhaus kam, wollte er unbedingt eine Runde fliegen, mit seinem eingegipsten Rücken, bevor er nach Hause fuhr. Das war seine Art, Unheil abzuwenden und zu beweisen, dass ein echter Wikinger keine Angst kannte. Sein Humor und seine gute Laune brachten ungekünstelte Fröhlichkeit ins Haus. Mein Vater, der sich in ihm wiedererkannte, liebte ihn, und meine Mutter, die solche Angst gehabt hatte, ihn zu verlieren, verwöhnte ihn noch mehr als zuvor. Selbst Ferdinand, den alles zur Verzweiflung brachte, seit er zum Soziologiestudium an die Universität von Vincennes gegangen war, lachte über die Witze und Possen, die André den ganzen Tag lang zum Besten gab.

Und ich? Dass ich bei ihm die Krankenschwester gegeben hatte, hatte uns einander unheimlich nahegebracht.

Ich hörte ihm stundenlang zu, wenn er aufzählte, was für Patente er alle einreichen wollte und an welchen Erfindungen er herumtüftelte. Nur Virgil, dessen Karriere als Bergführer einen anderen Lauf genommen hatte, seit er reichen Kunden begegnet war, die ihn aufgefordert hatten, in entlegenen Regionen verbotene Jagdzüge zu organisieren, befand ihn für inkonsequent und warf ihm ständig vor, er sei völlig exzentrisch, was aber André keineswegs daran hinderte, seinen großen Bruder weiter anzuhimmeln wie ein kleiner Junge, der dem Älteren auf ewig Gehorsam und Gefolgschaft gelobt hat.

Dass Virgil, der sich schon immer als großer Tierfreund ausgegeben hatte, sich ohne Widerrede bereit erklärte, wilde Tiere zu jagen und zu töten, entrüstete meine Eltern zutiefst. Vor allem meine Mutter, die (noch immer) kein Fleisch aß, obwohl sie uns immer herrliche Ragouts kochte (und sich dabei die Nase zuhielt).

Unter dem Einfluss seiner steinreichen Kunden kam Virgil nicht mehr nach Barnezon und entspannte sich lieber in Sainte-Estelle, wo er sich für einen Fürsten hielt und in der Überzeugung sonnte, unser kleines Haus sei ein genauso schönes Schloss wie das von König Fahd von Saudi-Arabien, dessen Nachbarschaft Virgil schon immer den Kopf verdreht hatte, vor allem im Sommer, wenn der König sich dort aufhielt, mitsamt seinem Hof, seinen verschleierten Frauen, seiner Jacht, seinen Gästen, die nicht größer sein durften als er, ganz zu schweigen von der Parade von Limousinen vor unserem Garten.

Fasziniert von dem Geld, das er verdiente, hatte Virgil sich einen gebrauchten Porsche zugelegt. Abends fuhr er damit über die Croisette, lässig ließ er den Arm aus dem offenen Fenster hängen, um seine Rolex herzuzeigen und den hübschen grünäugigen Dunkelhaarigen (wie mir), in die er sich bis heute ständig verliebt, weiszumachen, er sei ein Erbprinz und habe die Absicht, sie zu lieben und zu verwöhnen.

10

Im September kam ich in einem neuen Internat etwa hundert Kilometer von Barnezon entfernt in eine elfte Klasse. Ich war immer weiter weg von meiner Mutter. Dieses Jahr habe ich schließlich noch wiederholt und fand mich am Ende in einem Luftkurinternat, in dem meine Mutter mich hatte unterbringen können, weil ein Arztfreund sich bereit erklärte, mir Asthma zu bescheinigen.

André wiederum zog nach seiner vollständigen Heilung nach Toulouse und schloss erfolgreich sein Studium ab, Virgil ging nach Tibet auf Schwarzbärenjagd, Ferdinand befand, das Journalistenmilieu, in dem er gerade ein Praktikum absolviert hatte, sei ein einziger Sumpf, und mein Vater mietete nach seiner Genesung von den beiden Unfällen ein Büro in der Stadt, in dem er sich mit einem einzigen Angestellten niederließ. Für einen Kredit hatte er eine Hypothek auf das Haus aufgenommen, sein gesamtes Netzwerk war ihm weggebrochen, doch er fand genug Kraft und Mut, um noch einmal bei null anzufangen und sich einen neuen Kundenstamm aufzubauen, ohne sich je zu beklagen oder einzuknicken.

Meine Mutter machte ihm die Buchhaltung und wetterte gegen die astronomischen Summen, die seine Berufsversicherungen von ihm kassierten, noch bevor er von seinen neuen Kunden das geringste Honorar eingenommen hatte.

»Und das, um dir nichts zu zahlen, wenn du es brauchst!«

Am Wochenende trafen wir uns alle zu Hause am großen Esstisch in der Küche. Liebend gerne hätte ich meinen Vater von den Socken gehauen, indem ich die großen Themen ansprach, die er so liebte, aber ich hatte weder die Worte dafür noch das Wissen. Neben ihm fühlte ich mich dumm, oder jedenfalls nicht so intelligent, wie er mich, so meinte ich, hätte haben wollen. Ferdinand dagegen konnte ihn zum Staunen bringen, wenn er Deleuze zitierte, dessen Vorlesungen er gehört hatte. Er konnte sachlich seine Lebenspläne darlegen und meinen Vater zum Träumen bringen, indem er ihm vorspiegelte, er werde Fotograf werden. Mein Vater und meine Mutter, die ganz seiner Meinung waren, als er erklärte, nur die Künstler verdienten seine Achtung, kauften ihm voller Stolz (und von ich weiß nicht welchem Geld) die allerbeste Nikon, dazu sämtliche möglichen und unmöglichen Objektive.

Während Ferdinand meine Eltern mit seinem übermäßigen Ehrgeiz faszinierte, blieb ich immer noch bei meinem Gestammel, ich bräuchte niemanden, denn ich käme immer ganz allein zurecht.

Während meines letzten Schuljahres wurde ich im Dezember krank. Vielleicht blieb mir nur noch dieser Versuch, um auf eine andere Bahn zu kommen. Ich kam ins Krankenhaus, wurde operiert und zur Kur geschickt.

Als ich im Juni nach Barnezon zurückkam, führten mich meine Eltern zum Forellenessen in ein Restaurant an einem Fluss aus.

»Papa, warum malst du nicht mehr?«, fragte ich meinen Vater.

Ich hatte gerade im Dachboden alte Gemälde gefunden, die er während seiner Studienzeit an der Kunsthochschule gemalt hatte. Sie lagen einfach da herum, vergessen, seit Jahren. Mich rührten sein Talent und die Emotion in seinem Strich, ich lackierte sie, rahmte sie und stellte sie überall in meinem Zimmer aus.

»Davon bekomme ich Kopfweh, ich bin zu alt, um mir das anzutun.«

»Du säufst doch die ganze Zeit, das müsste dir darüber hinweghelfen.«

»Sag mal, Marie, wirst du wohl höflich zu deinem Vater sein?«

»Ich hätte gern, dass du zu arbeiten aufhörst.«

»Glaubst du, das geht so einfach?«

»Sperr dich im Dachboden ein, und denk an nichts anderes mehr als ans Malen.«

»Aber ich muss Geld verdienen. Vier Kinder sind teuer.«

»Na, dann hör auf, deinen Idioten von Söhnen alles zu bezahlen.«

»Reden wir lieber mal von deinem Abitur. Deine Mutter hat eine Sommerschule für dich gefunden, sodass du im September antreten kannst.«

»Ich pfeife auf mein Abi, ich will arbeiten.«

»Und was willst du machen, ohne Abschluss?«

»Ich werde deine Sekretärin.«

»Ich will dich nicht als Sekretärin.«

»Dann fang wieder an zu malen, und ich verkaufe deine Bilder.«

»Meinst du eigentlich, wir haben mit all diesen Kindern unser Leben vergeudet?«, fragte meine Mutter plötzlich.

»Bist du wahnsinnig, warum sagst du das?«, erwiderte mein Vater.

»Wenn ich nicht mit Virgil schwanger geworden wäre, hättest du nie aufgehört zu malen. Heute wärst du anerkannt, da bin ich ganz sicher, ich hatte nie einen Zweifel an deinem Talent. Erinnerst du dich, als wir uns kennengelernt haben? Du hast gemalt. Ich gearbeitet. Wir waren arm, aber wie waren wir glücklich! Erinnerst du dich?«

»Mama hat recht, es ist witziger, einen Künstler als Vater zu haben.«

»Kannst du bitte deiner Tochter sagen, sie soll den Mund halten?«

»Lass sie reden, wo ihr schon mal redet.«

»Sie redet nicht mit mir, sie attackiert mich.«

»Ich attackiere dich nicht, Papa, ich will, dass du malst. Es ist sowieso blöd, Kinder zu kriegen, wenn man Talent hat. Das ist was für Leute, die sonst nichts im Leben zu tun haben. Du bist dreiundfünfzig, aber wenn du die nächsten Jahre damit vergeuden willst, dich jeden Abend zu betrinken, dann ohne mich. Ich gehe arbeiten.«

»Wenn du lieber selbst dein Geld verdienst, während ich mich abmühe, dir ein Studium zu bezahlen, damit du ein bisschen Wissen in deine paar leeren grauen Zellen kriegst, Schnepfe, die nur daran denkt, sich Cowboystiefel mit goldenen Sternen und Miniröcke zu kaufen, dann bist du frei.«

Am nächsten Tag erinnerte mein Vater sich nicht mehr an unseren Streit, ich aber war schon mit dem Auto meiner Mutter nach Sainte-Estelle gefahren, wo ich einen Kellnerjob am Strand fand.

Ferdinand hatte gerade das Studium geschmissen, ihm zufolge war die Uni nur ein einziger krimineller Sumpf, der ihm sowieso keine Zukunft bot, er wollte jetzt Tintenfische fotografieren, seine alten Komplizen. In diesem Sommer saß vor allem ich ihm Modell.

Ich verstehe erst heute, wie ungerecht ich zu meinem Vater war und wie idiotisch es von mir war, sein Angebot auszuschlagen. Nicht nur war er der erste Unterstützer seiner Kinder und stellte sich nie einem unserer Wünsche in den Weg, sondern er tat auch noch alles, was in seiner Macht stand, um uns die Mittel an die Hand zu geben, die unserem Ehrgeiz entsprachen. Nur brauchte ich damals eben den Konflikt, um leben zu können. Ich musste es krachen lassen. Wie bei meinem Freund mit den beiden zusammengewachsenen Zehen, der mir nach Sainte-Estelle nachgefahren war. Das ärgerte mich.

»Ich werde dir ein paar Mädchen vorstellen.«

»Nein, ich bin zu dir gekommen.«

»In deinem Alter muss man mit haufenweise Mädels ausgehen.«

»Aber ich liebe doch dich.«

»Ja, aber ich habe keine Zeit, ich muss etwas anderes mit meinem Leben anfangen.«

»Weißt du noch, dass wir im September nach Ägypten fahren?«

»Ohne mich.«

»Hast du jemand kennengelernt?«

»Ach, weißt du, Jungs interessieren mich nicht. Ich will lieber meinen Weg finden.«

»Was willst du machen?«

»Kunsthochschule.«

»Und deshalb kannst du nicht mit mir zusammen sein?«

»Genau.«

»Wieso?«

»Ich muss traurig sein.«

Am nächsten Tag reiste er ab. Unglücklich. Und schwor, sich nie wieder zu verlieben.

Meine Wut siegte über das, was ich wollte. Ich verdarb alles. Noch heute kann ich mit meinen »Mordsätzen«, wie meine Mutter sie nannte, eine zehnjährige Beziehung in zehn Sekunden zum Einsturz bringen. Mein Mann sagt, ich bin ein Presslufthammer.

Ich hätte mich beruhigen können, in Barnezon bleiben, mein Abi machen, die Vorteile des Lebens zu Hause genießen, unter der Liebe meiner Eltern aufblühen, nach Paris gehen, Schauspielunterricht nehmen, am Konservatorium vorspielen. Meine Eltern hätten mir liebend gern ein Zimmer gemietet. Ich hätte mich mit Gleichaltrigen angefreundet. Stattdessen schuftete ich mich ab, musste Geld verdienen, Schlafplätze finden, die Männer abweisen, die in mir eine leichte Beute sahen. Ich lebte in den Tag hinein, war unfähig, nachzudenken oder Zukunftspläne zu schmieden, rannte ständig dem Augenblick hinterher.

11

Nach den Ferien mietete ich ein Zimmer bei einer Freundin meiner Mutter, gleich um die Ecke der Pariser Kunsthochschule, wo ich soeben zugelassen worden war. Nach zwei Monaten war ich einmal mit ihrem Mann allein zu Hause, und er kam in mein Zimmer, schloss die Tür ab und warf sich auf mich.

»Ich habe dich schon immer geliebt, wir gehen zusammen nach New York. Ich kann meine Frau und meine Familie nicht mehr ertragen, ich will nur dich.«

»Hey! Lass mich los, du tust mir weh.«

»Lass dich küssen.«

»Aber ich bin so alt wie deine Tochter.«

»Ich werde dich glücklich machen, du bist so schön.«

»Los, mach die Tür auf, ich will raus.«

»Spürst du, wie ich dich liebe?«

»Du machst mir Angst, du schaust wie ein Verrückter.«

»Weil ich dich begehre.«

Die Freundin warf mich raus. Ihr zufolge brachte ich Zank und Streit in ihre Ehe. Meine Mutter war enttäuscht: Sie konnte mir also wirklich nicht vertrauen. Ich zögerte lange, dann erzählte ich schließlich, wie das Geschlecht des Mannes erigiert an meinem Bauch gelegen hatte. Sie glaubte mir. Ganz ähnlich hatte er sich auch bei ihr benommen, kurz nach ihrer Hochzeit.

Ich hörte auf zu malen und zog nach Sainte-Estelle in unser Ferienhaus, zusammen mit Ferdinand. Er war gerade von einer Indienreise zurück, die ihm meine Eltern bezahlt hatten, damit er seine erste Fotoreportage machen konnte.

Wir hatten keine Heizung. Ich machte Feuer im offenen Kamin. Morgens ging ich laufen, dann sprang ich ins Meer, das der beginnende Winter abgekühlt hatte. Tags arbeitete ich in einer Galerie in Cannes. Abends lernte ich, Schnittmuster zu machen. Da ich liebend gerne Kleider nähte und gelegentlich sogar verkaufte, hatte meine Mutter mir geraten, Modedesignerin zu werden.

Ich packte mir all meine Zeit voll, um nur nicht plötzlich mit mir allein zu sein, zumal ich mich nicht kannte und mir Sorgen um Ferdinand machte. Zwar war eines seiner Kinderfotos aus Kalkutta für die Titelseite der UNESCO-Zeitung ausgewählt worden, aber seine neueste Leidenschaft, die Geopolitik in unserem Viertel, setzte mir zu.

Er war nämlich überzeugt, die meisten unserer Nachbarn seien Bombenleger, die durch die Nähe zu Cannes und die ständig dort residierenden arabischen Prinzen angelockt wurden, und so hatte er sein Zimmer zum antiterroristischen Hauptquartier gemacht und an der Wand eine riesige Weltkarte aufgehängt, auf der er mit Stecknadeln die bedrohten Städte markierte und mit rotem Faden verband, Bagdad, New York, Peschawar, Barnezon. Dazwischen hingen überall Sätze von Marx, Marcuse, Freud, genau die, die unsere Kindheit gewiegt hatten, wenn mein Vater sie bei seinen verrauchten Abenden zitierte, an denen er voller Illusionen eine ideale Welt erschuf.

Nachts hörte Ferdinand zwei Fernseh- und drei Radiosender. Gleichzeitig. Und in voller Lautstärke. Wenn ich ihn bat, den Ton leiser zu stellen, heulte er auf.

Eines Tages bekamen meine Eltern einen Brief, sie sollten ihre Bankverbindung angeben, weil in Kürze der Hubschrauber geliefert würde, den Ferdinand bestellt habe, um in den Kreml zu fliegen und die Russen zu warnen, auf ihrem Territorium würde es bald zum Krieg kommen.

Der Vertreter hatte sich über Ferdinands Bestellung nicht gewundert. In Cannes gab es so viele große Vermögen, dass nicht wenige Menschen tatsächlich einen Hubschrauber besaßen, unter der Voraussetzung freilich, dass sie eine Jacht hatten, um ihn unterzubringen. Cannes ist winzig.

Es fiel mir immer schwerer, mit Ferdinand zu kommunizieren, obwohl wir einander bisher immer nahe gewesen waren, beide mochten wir Ruhe und Einsamkeit, Bücher und Musik oder auch weite Spaziergänge und das lange Baden im Meer. Jetzt aber fand niemand mehr Gnade vor seinen Augen, nicht einmal mehr ich, sein geliebtes Schwesterchen. Bei jeder Kleinigkeit brauste er auf, und immer häufiger halluzinierte er. Wenn ich mich darüber beschwerte oder ihn aufforderte, zum Arzt zu gehen, beschimpfte er mich.

Meine Befürchtungen, dass er nicht mehr klar denken konnte, fanden keinerlei Gehör. Meine Eltern erwiderten mir, wir hätten eben alle vier anspruchsvolle Charaktere, ich müsse akzeptieren, dass Ferdinand ein Künstler sei, der sich manchmal, das stimme, merkwürdig ausdrücke. Und wie konnte ich mir auch ein Urteil anmaßen, zumal seine Fotos so einfühlsam waren und so ergreifend authentisch. Überhaupt brauchte ich ja nur ein bisschen Geduld zu haben, bald schon wollte er los, um die Kinder in Uganda zu fotografieren.

Aber kaum war er in Kampala aus dem Flugzeug gestiegen, ließ er sich ausrauben und bat meine Mutter um eine Postanweisung, damit er auf der Stelle heimkehren konnte.

Er war überzeugt, dass er verfolgt wurde, und begann sich von Eiern zu ernähren, die er roh ausschlürfte. Zur Sicherheit kaufte er ein (beduseltes) Huhn, das jeden Morgen auf einen Ast stieg, um ein Ei zu legen. Welches dann jeden Morgen am Boden zerschellte. Gelegentlich bekam ich auch einen Biss in den Arm (von Ferdinand, nicht von dem Huhn), wenn ich zur Arbeit ging, damit ich ihm Geld gab, oder er sprühte Graffiti auf die Zimmerwände, wenn Freunde zum Übernachten kamen, damit ihnen klar war, dass sie nicht willkommen waren. Oder war das vielleicht nur seine Art, seinen aufkommenden Schmerz hinauszuschreien?

12

Im Februar fuhr ich mit einer Amerikanerin aus meinem Nähkurs ein Wochenende nach Paris. Sie war mit einem alten Kerl verheiratet, er hatte ihr ein Cabrio und Pelzmäntel gekauft, die sie über eng anliegenden Angorapullis trug. Wir hatten bei einer Freundin von ihr übernachtet, die mir für den Abend einen herrlichen, knielangen rosa Ledermantel geliehen hatte. In diesem unbezahlbaren Stück fühlte ich mich, als wir ein In-Lokal in der Nähe von Les Halles betraten, stolz darauf, an diesem entscheidenden Punkt meines Lebens angelangt zu sein. Doch als ich am nächsten Morgen auf der Modemesse die Mädchen in meinem Alter sah, die im tadellosen Kostüm ihre Entschlossenheit demonstrierten, ihr Leben in die Hand zu nehmen, war mir klar, dass ich an meinem vorbeigelebt hatte, weil ich nicht früh genug auf das richtige Gleis gesetzt hatte, um Schauspielerin zu werden oder wenigstens genügend Geld zu verdienen, um mir haufenweise teure Klamotten zu kaufen, dank derer ich anders hätte leben können. Mit meinen Levi's 501, meinen Cowboystiefeln, die mir ein Schuster in Le Suquet nach Maß nähte, und meinen Fiorucci-Pullis lag ich völlig daneben.

Ich fuhr zu meinen Eltern und schluckte drei Röhrchen Temesta. Statt zu sterben, schlief ich drei Tage. Einen Tag pro Röhrchen. Meine Mutter ließ Duverger kommen, den Hausarzt, der sie bat, uns allein zu lassen. Da er so lange blieb, öffnete sie irgendwann meine Zimmertür und sah ihn auf mir liegen, ich war immer noch bewusstlos, die Brust entblößt. Sie setzte ihn vor die Tür. Als ich aufwachte, fand meine Mutter mich, wie ich durchs Badezimmer kroch, auf der Suche nach mehr Temesta.

Eine ihrer Freundinnen, die Ärztin war, brachte mich ins Krankenhaus, wo man mir einen Gartenschlauch in die Kehle schob, anhand eines Trichters mehrere Liter lauwarmes Wasser in den Magen pumpte und dann darauf drückte, um mich zum Erbrechen zu bringen. Als ich in mein Zimmer kam, bezogen zwei Schwesternhelferinnen gerade mein Bett und machten sich über mich lustig, sie meinten, ich hätte besser aus dem achten Stock springen oder mir eine Kugel in den Kopf jagen sollen.

Ich verlangte, gehen zu dürfen. Ich musste eine Entlastungsbescheinigung unterschreiben. Noch am selben Abend saß ich im Nachtzug nach Sainte-Estelle. Meine Eltern stellten mir nie auch nur eine Frage. Die Vorbereitungen zu Ferdinands Reise nach Island, wo er Wale fotografieren wollte, hielten sie wohl hinreichend auf Trab.

Am Tag darauf tanzte ich in der Disco. Als ich um zwei Uhr morgens meinen wohlhabenden Freundinnen aus Cannes sagte, ich ginge heim ins Bett, weil ich morgen zur Arbeit früh aufstehen müsste, antworteten sie mir entsetzt in ihrem internationalen Akzent: »Wiiie bitte, Mariiie, du aaarbeitest?«

Ich lag wirklich völlig daneben. Aber was war denn eigentlich meine Wirklichkeit? Mit einem Bruder zusammenzuwohnen, der die halbe Zeit halluzinierte und den ich nicht in Behandlung brachte? Als die böse Schwester dazustehen, die ihn in die Klapsmühle stecken will, wo ich ihm doch helfen wollte? Zu schweigen, wenn Virgils streitbare Kumpels mitten in der Nacht betrunken in mein Bett taumelten und ich mich mit Händen und Füßen wehren musste, um sie wieder hinauszubekommen? Mich zu verkriechen, wenn Virgil ihnen nicht Bescheid zu sagen wagte? Idiotisch herumzujobben, statt zu studieren? Keinen Freund haben zu wollen, weil Begehren, Lust und Erregung in meinem Geschlecht tot waren? Meine Eltern zu beknien, damit wir eine Familientherapie machten? Zu kämpfen? Aber wogegen denn? Gegen mich? Meinetwegen, aber warum?

Ich wurde wieder krank und kam wieder in ein Krankenhaus in Barnezon, wo ich erneut operiert wurde. Paradoxerweise tat mir das unheimlich gut ...

Gleichzeitig kam Ferdinand über die Hilfe von Dédé, einem Freund der Familie, an seinen ersten bezahlten Auftrag. Da er jegliche nicht künstlerische Arbeit so souverän zu verweigern wusste (etwa einkaufen zu gehen oder sein Zimmer aufzuräumen), konnten meine Eltern kaum fassen, dass er bereit war, die Leitplanken des Grand Prix von Monaco zu fotografieren.

Oh doch! Eine Woche lang stand Ferdinand früh auf und zog, einen Mitarbeiterausweis an der Brust, über die Rennstrecke des Fürstentums. Doch als er die Aufnahmen dem Automobile Club übergeben sollte, schob er vor, ein Fotograf gebe seine Negative niemals aus der Hand, sie seien schließlich sein geistiges Eigentum. Er war der festen Überzeugung, einen Schatz zu besitzen, und versteckte sie. Sie wurden nie gefunden. Dédé musste sich für seinen Chef eine Entschuldigung einfallen lassen, um das Fehlen der Dokumente zu erklären, die gebraucht wurden, um die Sicherheit für den Grand Prix im nächsten Jahr zu verbessern.

Als ich aus dem Krankenhaus kam, wollte ich nur eines: mich von meinen Eltern verwöhnen lassen, die ausnahmsweise allein in Barnezon waren. Ferdinand hatte sie überzeugen können, ihm diesmal eine Reise auf die Malediven zu bezahlen, wo er Delfine fotografieren wollte. André machte ein Praktikum in Montpellier, und Virgil begleitete ein paar Milliardäre auf einer Jagd in Bhutan.

Endlich wurde in Ruhe gegessen. Ich hatte sehr abgenommen. Aber ich trug immer noch Miniröcke. Meine Mutter fand, neben Shorts standen sie mir einfach am besten. Sie hatte mir ein Topkleid aus hellbraunem Wildleder mit dazu passenden flachen Stiefeln und Türkisschmuck geschenkt.

Ich lernte Maschinenstenografie, um Sekretärin zu werden. Ein reicher Erbe aus Barnezon, der zehn Jahre älter war als ich, plante, mich zu heiraten. Ich machte gern Flugzeugausflüge mit ihm, weigerte mich aber, ihn zu küssen. Um ihn hinzuhalten, erzählte ich ihm, ich hätte gerade eine komplizierte Beziehung hinter mir.

Mein Vater hatte mir einen Ferienjob an einem Bankschalter verschafft. Ein schüchterner Liebhaber, den ich auch nicht küssen wollte, führte mich oft zum Essen aus, oder ich machte ihm Frikadellen mit Spiegelei und hausgemachten Kartoffelkroketten. Wochenends schwamm ich mit meiner Mutter in den Flüssen. Sie brachte mir bei, die Vipern nicht aufzuschrecken, die auch gerne badeten. Es ging mir gut. Doch am 28. Juli stand Ferdinand auf der Matte. Außer sich. Brüllend, die Malediven seien doch ein einziger Sumpf und die Delfine die reinsten Arschlöcher. Ferdinand schrie jetzt immer häufiger. Vielleicht war das die einzige Möglichkeit, uns dazu zu bringen, dass wir seinen Zustand zur Kenntnis nahmen. Schreien. Verzweifelt. Wie ein Baby.

Damit ich seine Halluzinationen nicht ertragen musste, die mich fertigmachten, rief ich bei den Touristenbüros von Megève, Deauville und Saint-Tropez an, um Arbeit zu finden. Ich kannte keinen dieser Orte, aber ihre mythischen Namen versprachen einen Lebensstil, der einen von den Socken haute.

Mein Zug nach Saint-Raphaël überfuhr eine Kuh. In Saint-Tropez kam ich also erst um zwei Uhr morgens an, und zwar in einer gammeligen Pizzeria. Meilenweit entfernt von Brigitte Bardot, Shorts in rosa Vichykaro und den Partys bei Eddie Barclay, die ich mir vorgestellt hatte.

Da ich Kost und Logis bezog, begleitete mich der Oberkellner zu einem Zimmer, das in einer Gasse hinter dem Hafen lag. Darin standen vier Stockbetten, in denen bereits sieben Personen schliefen. Der achte Platz war meiner. Bestürzt ging ich zurück zum Chef, der gerade seine verwanzte Pizzeria schloss, im Gefolge den Oberkellner mit meinen zwei riesigen Koffern (ich reiste mit tonnenweise Kleidern, als hinge mein Schicksal davon ab).

»Können Sie mir ein Hotel nennen?«

»Sie werden keines finden, Anfang August sind die alle belegt.«

»Dann schlafe ich bei Ihnen.«

»Wie bitte?«

»Sie haben ein Restaurant, da werden Sie ja wohl auch ein Haus haben.«

»Nein, ich wohne mit meiner Frau und unserem Baby in einer Einzimmerwohnung.«

Der Oberkellner bot mir sein Zimmer an, er würde diese Nacht bei den anderen schlafen. Allerdings war das winzig und nur eineinhalb Meter hoch. Um ihn nicht zu kränken, wartete ich, bis er weg war, und ging ein bisschen spazieren. Bei einem Schokocroissant-Verkäufer, der die ganze Nacht geöffnet hatte, kam ich mit einem Jungen aus Grenoble ins Gespräch. Ich konnte mit bei seinen Eltern schlafen, und er verschob seine Abreise um einen Tag, um mir zu helfen, einen anderen Job zu finden. Ich überzeugte den Chef einer Strandkneipe, dass ich eine hervorragende Köchin wäre, Frikadelle mit Spiegelei sei meine Spezialität. Eine Stunde später hatte ich meine Koffer im Abstellraum, ein Tuch in den Haaren, und tauchte Kartoffeln in kochend heißes Öl.

Eine Blondine aus Barnezon erkannte mich und schlug mir vor, mich bei ihrer deutschen Mätresse unterzubringen. Aber kaum war ich eingeschlafen, spürte ich, wie sie in mein Bett schlüpften. Da gab ich eine unbändige Lust vor, in den Caves du Roy zu tanzen, wo ich drei Nächte verbrachte, bis mein Schokocroissant-Verkäufer mir die Telefonnummer eines Kumpels gab, der eine Kellnerin für seinen Strand suchte.

Ich dachte schon, ich bekäme eine kleine Atempause. Ich hatte eine richtige Arbeit und einen Bungalow direkt am Wasser. Es war schön da. Wenn ich aufwachte, sprang ich ins Meer, und nach Feierabend ging ich mit Franck, dem wunderbaren Strandbesitzer, bis zum Einbruch der Dunkelheit schwimmen. Die Kundschaft, meist wohlerzogene Familien, aß zu festen Zeiten das Tagesgericht aus der Küche eines ehemaligen Söldners, den ich eines Tages mit dem Chef völlig fertig in der Küche vorfand, er war außerstande, irgendetwas Essbares zuzubereiten. Diese Dussel hatten ihren Rausch vom gestrigen Saufgelage noch nicht ausgeschlafen. Um sie in Gang zu bringen, klatschte ich autoritär in die Hände: »Los, Jungs, jetzt aber schnell, ich habe da draußen eine Terrasse voller hungriger Gäste!«

Da standen die beiden Schränke von Männern auf und sperrten mich trotz meiner Proteste mit vereinten Kräften in die Kühlkammer, mitten zwischen die halben Rinder, die von der Decke hingen: »Jetzt ist sie mal ein bisschen weniger vorlaut, die Prinzessin! So was, uns hier Befehle zu erteilen!«

Zum Glück wollte Franck irgendwann eine *menthe à l'eau* von mir. Als er mich nicht antraf, fing er an, sich

Sorgen zu machen, vor allem als der Söldner und der Chef ihm den Laden übergaben, um sich daheim aufs Ohr zu hauen. Er hat mich überall gesucht und gefunden. Halb erfroren.

Am nächsten Tag taten alle so, als wäre nichts gewesen, und die Stimmung war wieder bestens. Bis es eines Morgens regnete. Da bekamen wir unseren freien Tag. Ich zog mein Kleid aus hellbraunem Wildleder mit den passenden Stiefeln an und wollte per Anhalter nach Sainte-Estelle zu meiner Mutter. Sie fehlte mir. Ein Rolls-Royce nahm mich mit. Der Typ sah nett aus. Oder es war der Schlitten, der mir diesen Eindruck vermittelte. Es gab Stau, da bog er auf einen kleinen Weg ab. Ich dachte mir nichts, als er mir wieder und wieder sagte, wie hübsch ich sei, und dass er mir gerne einen Starfriseur und schöne Kleider spendieren würde. Aber als er das Auto verriegelte und oben auf einem Hügel in verlassenem Gelände unter Bäumen parkte, war es zu spät. Ich konnte nicht mehr fliehen. Mein Körper erstarrte. Die kalte Angst war wieder da. Ich hatte keine Chance. Ich konnte nicht schreien. Ich versuchte ihn zu schlagen, ihm zu entkommen. Alles probierte ich. Er ließ mir keinerlei Ausweg.

Es stimmt nicht, dass du fliehen kannst, wenn ein Mann auf dir liegt und er dich festhält und dir ein Messer an die Kehle hält. Und wenn er dich schlägt und an den Haaren zieht, die Handgelenke verdreht, dich an sich drückt, um dich zu überwältigen und dir den Slip zu zerreißen, dann kannst du ihn weder beißen noch töten.

Als er eindrang, konnte ich nur noch die Männer hassen. Wieder mal. Ich schlug derart um mich, dass ich irgendwann die Tür aufbekam. Ich dachte, ich könnte abhauen. Aber er holte mich ein und presste meinen Kopf an einen Baum.

Mein einziger Triumph bestand darin, dass er nicht in mir kommen konnte. Das ärgerte ihn. Er heulte, ich wäre so bescheuert. Wenn ich netter gewesen wäre, hätte er mich zur Königin von Saint-Tropez gemacht. Ich fühlte mich so dreckig, dass ich seine Autonummer nicht aufschrieb. Auch bei der Polizei zeigte ich ihn nicht an. Ich sprach überhaupt nicht davon. Schweigen als Schutz. Schweigen und zerstören. Schweigen und negieren. Wie man Schmerz abschaltete, wusste ich ohnehin schon lange. Übrigens genauso wie die Lust. Es war mir nie in den Sinn gekommen, meine Scheide könnte dazu da sein, mir Lust zu verschaffen. Sie war mein Geheimfach, und das war abgesperrt. Mit dem Schlüssel der kalten Angst. Punkt. Meine Büchse der Pandora. Unnötig, sie zu öffnen.

Außerdem war es ja auch ganz allein meine Entscheidung gewesen, das schöne Kleid aus hellbraunem Wildleder mit den passenden flachen Stiefeln anzuziehen. Es hatte so kommen müssen. Wie eine Gesetzmäßigkeit. Indem ich vor denen floh, die mich liebten, um nicht mehr geliebt zu werden, machte ich meinen Körper zum vorgezeichneten Opfer.

Nach Hause kam ich zu Fuß und mit dem Bus, ich wusch mich im Meer, dann ging ich zu Sénéquier gleich am Hafen und kaufte mir Brioches und Schokocroissants und Obsttörtchen, um mir einzureden, all dieser Süßkram wäre daran schuld, dass mir so schlecht war.

13

»Wenn du mir von früher erzählst, macht mich das fertig«, sagt mir mein Mann. »Diese ganze Zeit, in der ich von dir verwaist war: Der Gedanke daran tut weh. Ich werde nie über den Verlust der Jahre hinwegkommen, in denen ich dich nicht kannte.«

»Meinst du, wir hätten uns gefallen, wenn wir uns jünger begegnet wären?«

»Du hättest mich nicht interessant gefunden.«

»Glaubst du, ich hätte dich nicht erkannt?«

»Vielleicht waren nicht alle Voraussetzungen gegeben, um das Liebesphänomen auszulösen.«

»Wir werden es nie wissen.«

»Am meisten tut mir weh, wie orientierungslos du herumgeirrt bist.«

»Und mir wäre es lieber gewesen, du wärst schon vor mir glücklich gewesen.«

»Wäre ich das gewesen, dann wäre ich dir nicht begegnet.«

Mein Mann sitzt im Bademantel in seinem Büro gegenüber von unserem Schlafzimmer. Seine drei Computer laufen, und es erklingt das *Miserere* von Arvo Pärt.

Während er den Plan eines Klosters aus dem 12. Jahrhundert scannt, blättert er in Henri Guillemins Monografie über die Pariser Kommune und hört über Kopfhörer auf einem Ohr René Girard zu, der über sein Buch *Clausewitz zu Ende denken* spricht. Genau so ist mein Mann glücklich. Gelegentlich hört er auch weniger harmonische Musik, Dinge wie knarrende Türen oder wimmernde Inder. Ich bitte ihn nie, sie auszuschalten, obwohl ich liebend gerne Schweigekonzerte hören würde. Er nimmt mich in den Arm.

»Uns geht's gut, wir pfeifen drauf!«

»Ja, Liebling, wir sind zwei dicke Katzen.«

»Und unsere Wohnung ist unser Katzenkorb.«

»Wir schnurren von morgens bis abends. Erinnerst du dich, als wir uns kennengelernt haben?«

»Ja, du warst verrückt.«

Seit ich mit einem Mann zusammenlebe, der tot war, bevor er mich kannte, bin ich nicht mehr verrückt.

Plötzlich bekomme ich eine SMS von Ferdinand: »Virgil macht alle unglücklich.« Dann noch eine: »Ich habe eine Biologie-Ausbildung gefunden, möchte das mit dir besprechen.« Und noch eine: »Ich höre endgültig auf zu schreiben.«

Ich bekomme keine Luft mehr. Seine Hilflosigkeit, verborgen unter seinem Bemühen zu zeigen, wie gut es ihm geht: Sie überflutet mich. Ich habe Angst, Virgils hinterhältige Sticheleien könnten Ferdinands Verfolgungswahn wiederaufleben lassen, den seine Medikamente momentan in Schach halten, und ihn in einen neuen Schub treiben. Vor Sorge, er könnte wieder zu halluzinieren beginnen und, da unsere Eltern ihn nicht mehr unterstützen, auf der Straße enden, schmiege ich mich an meinen Mann.

»Das ist schon seltsam, dass du das 12. Jahrhundert so magst. Wer weiß, womöglich warst du mit deinem Mönchskopf sogar Abaelard.«

Der erste Text, den mein Mann mir eines Nachts am Telefon vorlas, war Abaelards *Leidensgeschichte*, die ich nicht kannte. Dabei konnte ich mich sofort in Heloisa hineinversetzen und schnauzte meinen Mann an, so zornig machte es mich, dass Abaelard sich falsch entschieden hatte.

»Wenn du in seinen Schriften richtig zwischen den Zeilen liest«, ergänzt mein Mann, »merkst du, dass alles im Ungesagten liegt. Abaelard hatte mitbekommen, dass die blutjunge Heloisa von ihrem Onkel Fulbert schwanger war; sie hat bei ihm gewohnt und wurde von ihm vergewaltigt.«

»Hätte er ihn denn nicht öffentlich anklagen können?«

»Nein, Fulbert war ein zu mächtiger Kanoniker. Außerdem sah ja alles danach aus, dass Abaelard sie geschwängert hätte. Der Onkel hatte ihn als Hauslehrer für seine Nichte angestellt – Heloisa war das gebildetste Mädchen des Königreichs –, und unter der Obhut des Alten hat Abaelard lange Stunden mit ihr verbracht. So haben sie sich ja auch verliebt.«

»Meinst du, Fulbert hat das alles eingefädelt, um sich zu entlasten?«

»Bestimmt. Jedenfalls hat Abaelard Heloisa bei seiner Schwester in der Bretagne versteckt, damit sie in Ruhe ihren Sohn zur Welt bringen konnte, Astralabius. Da es aber so nicht weitergehen konnte, haben sich Fulbert und Abaelard auf eine geheime Heirat geeinigt, um Abaelards Karriere zu schützen – er war ja zum Zölibat verpflichtet – und damit Heloisa wieder zu Fulbert gehen konnte.«

»Nur traute Heloisa ihrem Onkel nicht, sie war sicher, dass er sie wieder vergewaltigen würde, und deshalb war sie gegen die Hochzeit. Und du, du Riesendussel, du hörst auf Fulbert! Verrückt, wie die Männer doch zu allen Zeiten auf die weibliche Intuition gepfiffen haben.«

»Er wollte eben Zeit gewinnen.«

»Trotzdem, als sie sich bei Abaelard beschwert hat, dass Fulbert sich wieder an sie heranmachte, hat er sie in ein Kloster gebracht, bis sich eine Lösung fand.«

»Und Fulbert hat sich hintergangen gefühlt und sich gerächt, indem er Abaelard kastrieren ließ.«

»Stell dir das mal vor, wie die zwei Schergen des Onkels erst Abaelards Diener bestochen haben und dann eines Nachts in sein Zimmer kamen, um ihn zu entmannen wie ein Schwein. Wie furchtbar!«

»Sei still, das tut ja mir noch weh«, sagt mein Mann und legt sich eine Hand aufs Geschlecht, wie um es zu schützen.

»Und was für eine Schande, öffentlich als Mann ohne Eier dazustehen.«

»Abaelards Geniestreich war es dann, dass er seine Geschichte mit Heloisa in Briefform niedergeschrieben hat, so kam der Skandal seiner Kastrierung ganz groß heraus, und jeder im Reich wusste von ihrer Liebe. Noch heute schmücken die Leute auf dem Père-Lachaise das Grab der beiden mit Blumen.«

»Genau das versuche ich doch die ganze Zeit, dir zu sagen: Schreibe doch auch ein Stück über unsere Geschichte, um eine Spur von unserer Liebe zu hinterlassen.«

Mein Mann antwortet mir lieber nicht, sondern erzählt, wie es mit ihren Abenteuern weiterging. Die Eheleute zogen sich in ihre jeweiligen Orden zurück. Fortan bestand Abaelards Leben nur aus einer Folge von Verrat, Komplotten, Prozessen, Bücherverbrennungen, Verurteilungen, Mordversuchen und hin und wieder doch einer Aufheiterung, wenn er von einem mächtigen Herrn beschützt wurde.

»Hätte Abaelard auf Heloisa gehört, als sie ihn vor ihrem Onkel gewarnt hat, dann hätte er sich diesen ganzen Ärger erspart. Er wäre ein großer Kirchenlehrer geworden, und sie hätte nicht im Kloster geendet. Ich sage dir nämlich eines, Heloisa gefiel es gar nicht, mit anderen Frauen eingesperrt zu sein. Sie war verliebt. Ihr fehlte ihr Abaelard.«

»Immerhin hat der ihr das Paraklet-Kloster vermacht und sich dafür eingesetzt, dass sie dort Äbtissin wurde.«

»Lieber wäre sie jede Nacht an ihren Mann geschmiegt eingeschlafen, so wie ich.«

»Es stimmt schon, Abaelards Körper hat sie erst tot

wiederbekommen, und auch das nur, weil Abaelards letzter Wohlgesinnter im Kloster von Cluny, Petrus Venerabilis, eines Nachts den Leichnam seines Freundes exhumieren und nach Paraklet überführen ließ, damit Heloisa sich jeden Tag am Grab ihres Geliebten sammeln konnte.«

»Siehst du, wie bei meinen Eltern, ich sollte sie zusammenbringen.«

14

Wir sind mit dem Mittagessen fertig (es ist sechzehn Uhr) und räumen die Küche auf, als mein Mann verkündet, ich hätte keinerlei Raumempfinden und sei an der Spülmaschine völlig unfähig. Ich widerspreche nicht, setze mich und sehe zu, wie er mit fast monomanischer Sorgfalt und Konzentration Teller und Gläser nach seiner unumstößlichen Ordnung – das heißt mit riesigen Abständen – in die Maschine stellt. Ihm würden vier Teller, eine Schüssel und ein paar Tassen schon reichen, um eine Maschine anzustellen. Und wenn ich mich einmische, schreit er auf. Jedem seine Obsession. Meine ist Ferdinand.

Wie dem auch sei, mein Mann ist ein guter Ehemann. Morgens macht er mir das Frühstück, eine halbe Zitrone mit warmem Wasser, frisch gepresste Orangen und Pampelmusen, grüner Kusmi-Tee mit Nana-Minze, Baguette mit Butter und Akazienhonig oder kernloser Himbeermarmelade. Ich stehe auf, wenn alles vorbereitet ist. Ich habe es aufgegeben, ihn zu bitten, die Arbeitsfläche mit einem feuchten Schwamm abzuwischen, wenn er fertig ist, sonst sagt er mir, dass mir immer auffalle, was er nicht gut macht, und nie, was er gut macht, dass ich eine Krümelobsession hätte, dass ich ihn wahnsinnig machen und er eines Tages ausziehen würde.

»Und das alles wegen eines Schwamms?«

»Den ganzen Tag machst du mir irgendwelche Vorwürfe.«

»Willst du meine Liebe auf die Probe stellen, indem du nicht tust, was ich von dir möchte?«

»Es ist doch abartig, die Liebe auf die Probe zu stellen.«

»Tu ich dir weh?«

»Nein, du laugst mich aus, Schmerz ist etwas anderes.«

»Findest du, ich liebe dich nicht richtig?«

»Nein, aber manchmal, wenn du mir sagst, wie unangenehm es ist, dass ich existiere, dann fühle ich mich überflüssig. Oder als ob ich sterben müsste.«

»Möchtest du sterben?«

»Ich habe das Gefühl, dass du mich begehrt hast, weil ich eine künstlerische Laufbahn eingeschlagen habe, die weder du noch dein Vater erreicht habt. Ohne sie, gib's zu, hättest du dich nicht für mich interessiert. Dann wäre ich einfach nur eine graue Maus gewesen.«

»Spinnst du, so was zu sagen?«

»Du kannst nicht behaupten, dass ich körperlich der Traum jedes jungen Mädchens wäre.«

»Doch. Ich finde dich schön.«

»Quatsch. Und heute bist du enttäuscht. Das sehe ich doch. Vielleicht hast du gehofft, du könntest künstlerisch mit mir verschmelzen, aber du hattest keine Ahnung, wie Kreativität funktioniert und welchen Anteil die Inspiration daran hat. Und jetzt siehst du die Dinge anders.«

»...«

»Du hast die Latte so hoch gelegt, indem du überall erzählst, wie herrlich unsere Liebe ist.«

»Stimmt das etwa nicht?«

»Du hast zu viel Propaganda für unsere Ehe gemacht. Wenn ich dich sagen höre, zwischen uns sei alles wunderbar, dann ist mir das peinlich. Wirklich.«

»Sich vor Freunden anzuschnauzen ist doch prollig.«

»Stattdessen so zu tun, als würden wir nie streiten, ist doch auch übertrieben. Aber ich muss gestehen, du kannst wirklich überzeugend sein.«

»Die sind doch froh, so was zu hören. Da haben sie Hoffnung, dass ihnen die Liebe eines Tages auch begegnet.«

Ich kann nicht verstehen, warum er nicht den Tisch abwischen kann.

Ich verstehe nicht, warum er, statt zu schreien, nicht einfach sagen kann: »Okay, dann wische ich eben« oder »Danke, dass du immer für mich sauber machst.«

»Liebster, erklär mir, warum du nie Danke sagst.«

»Aber ich küsse dich doch den ganzen Tag!«

Ich verstehe nicht, warum ich so darauf beharre, dass er diesen Tisch abwischt, wo ich doch sehe, dass es ihn ekelt, den Schwamm anzufassen.

Ich verstehe auch nicht, warum ich will, dass mein Mann mir gehorcht, wo ich es doch am tollsten an ihm finde, dass er mich liebt, egal was ich tue, egal was ich sage, er liebt mich und macht mir nie einen Vorwurf, selbst wenn ich mich idiotisch benehme, nicht gekämmt oder schlecht drauf bin, er liebt mich.

Ich verstehe nicht, warum ich ihn verbessern will, indem ich ihm sage, was er tun soll, wo ihn das doch wahnsinnig macht.

Ich liebe ihn, ich liebe ihn so, wie er war, warum will ich heute, dass er anders ist?

Es ist wie mit meiner Mutter. Die habe ich so geliebt, wie ich sie hätte haben wollen, nicht unbedingt so, wie sie war. Ich konnte unglaublich wütend werden, wenn ich sie als Frau meines Vaters sah, als Mutter meiner Brüder. Ich habe sie als meine Mutter geliebt, und das schien mir weitaus genug.

»Kommst du, Liebster, gehen wir spazieren?«

»Ich bin kein Hund.«

Seit ich meinen Mann einmal zu meinem Gastroenterologen geschleppt habe und der ihn aufgefordert hat, sich auszuziehen, damit er ihn untersuchen konnte, verweigert er jede Geste, Bewegung oder Ortsveränderung, die er für unnötig hält.

Zu seiner Entlastung hat der Arzt ihn, als er in Boxershorts dastand, voller Bewunderung gefragt: »Oh! Sie sind aber gut gebaut! Machen Sie Sport?«

»Niemals.«

»Bravo, mein Freund! Machen Sie weiter so!«

Trotzdem bestehe ich darauf, dass mein Mann mitkommt.

»Los mit dir! Man soll jeden Tag zwanzig Minuten spazieren gehen.«

»Meinetwegen. Dann will ich mal den anderen Ehemännern am Hintern schnuppern.«

»Du bist bescheuert.«

Drei Minuten später ist er mit dem Verkäufer eines Schuhladens in ein Gespräch über Pumps vertieft: »... dass ich ein absoluter Fan von den Füßen meiner Frau bin ... und dass ich es liebe, wie klein und zart sie sind. Ich möchte ihr gerne welche von Dorset kaufen, wie die, die Elizabeth Taylor in *Plötzlich im letzten Sommer* von Mankiewicz trägt, aber in Größe 35 sind sie so schwer zu finden, ich habe ihr lacklederne in 36 gekauft, denn Lackleder fällt ja eine Nummer kleiner aus, aber ich hätte sie auch gerne in Leder, könnten Sie die ihr nach Maß fertigen?«

Mein Mann kleidet mich auch gerne ein. In den Boutiquen findet er mit sicherem Blick das perfekte Kleidungsstück für mich. Es macht ihm so viel Spaß, dass ich ihn gewähren lasse und seiner Wahl nie widerspreche.

»Liebling, ich schenke dir dieses Kleid, schau, wie schön es ist, es ist schwarz.«

Mein Mann trägt nur Schwarz. Ein kleiner Vampir ist er. Tags zieht er in seinem Büro die Vorhänge zu, damit kein Licht hereinkommt, dabei ist er sehr witzig. Trotzdem, er hat mein Blut geleckt, jetzt ist er ganz rosig, und ich bin ausgelaugt.

»Erinnerst du dich, dass ich am Anfang unserer Beziehung zur Stelle war, wann immer du mich sehen wolltest?«

»Ja, ich habe mich gewundert, dass du immer konntest.«

»Ich wollte, dass du nicht mehr auf mich verzichten kannst.«

»Wie das?«

»Ich wollte dich süchtig machen.«

»Und wie?«

»Das verrate ich dir nicht, nachher liebst du mich nicht mehr.«

»Du wolltest mich abhängig machen von der Lust, die du mir verschafft hast. Du hast mit Sex gedealt.«

»Habe ich das nicht gut gemacht?«

»Doch, aber im Moment fehlt dir ein bisschen der Nachschub.«

»Und wenn du ein Stück über Heloisa und Abaelard schreiben würdest?«

»Lenk jetzt nicht vom Thema ab.«

»Nein, aber trotzdem. Außerdem heiße ich mit zweitem Vornamen Héloïse.«

Ich stelle mir meine Mutter vor, wie sie allein in der Klinik sitzt – mein Vater war während meiner Geburt im

Ausland – und meine Vornamen aussucht. Es war Sommer. Sobald sie wieder zu Hause war, nahm sie mich an den Strand mit und zeigte mir, wie lau das Mittelmeer war, jeden Morgen tauchte sie mich ins Wasser.

Drei Monate vor ihrem Tod, sie war noch nicht abgemagert, wir hatten gerade aneinandergeschmiegt auf ihrem Bett Mittagsschlaf gehalten, sagte sie mir, ich würde mir eine große Freude versagen, indem ich mich weigerte, ein Baby zu bekommen. Das sei eine grenzenlose, bedingungslose Liebe, eine Verbindung für immer. Ich sagte bloß: »Nein! Nein!« Etwas anderes brachte ich nicht über die Lippen. Ich war nicht dazu in der Lage.

Wenn ich an meine Mutter denke, habe ich das traurige Gefühl, dass sie ihr Leben damit verbracht hat, meine Brüder zurechtzuweisen, nicht die Ellbogen aufzustützen und nicht auf den Stühlen zu kippeln, *Bleib ruhig auf dem Stuhl!*, nicht *so träge* zu sein, nicht herumzufläzen, den Saustall in ihrem Zimmer aufzuräumen. Leute, die sie als junges Mädchen kannten, erzählen, sie habe ein unglaublich schönes, feines Engelsgesicht gehabt, zart und perfekt gezeichnet. Wenn sie auf Reisen ging, verschob sie jedes Mal die Heimfahrt um einen Tag. Sie genoss diese erschlichenen Stunden. Und wenn sie an einem Seeufer stand, hatte sie nur einen Wunsch, und das war, am gegenüberliegenden Ufer spazieren zu gehen.

Ich erinnere mich auch, dass wir immer ein Krankenhausbett im Haus hatten. Meine Mutter hatte es gekauft, als Ferdinand sich mit vierzehn beim Skifahren das Bein gebrochen hatte, und hatte es behalten, als André sich ein Jahr später seines gebrochen hatte, dann wieder Ferdinand, dann André. Fast als hätten sie sich absichtlich verletzt, damit meine Mutter sie pflegte. Immerhin bekamen wir das Frühstück ans Bett gebracht, wenn wir krank waren, mit frisch gepresstem Orangensaft. Sprich, es war das reine Glück!

Oder ich erinnere mich an ihre Wut, als mein Vater einmal glücklich nach Hause kam. Ich muss dreizehn gewesen sein.

»Huhu! Liebling! Wo bist du? Es hat geklappt, ich wurde bei den Rotariern aufgenommen!«

»Dann reiche ich die Scheidung ein«, erwiderte meine Mutter und warf ihm den Ehering an den Kopf.

»Spinnst du?«

»Ich habe dich nicht arm geheiratet, damit du bei diesen Idioten endest.«

Meiner Mutter war Geld gleichgültig, die soziale Stellung, die Provinzhierarchie. Gnade fand in ihren Augen nur die Kunst.

»Ich werde dir beibringen, zwei oder drei einfache Gerichte zu kochen. Wenn ich vor dir sterbe, kannst du dich dann trotzdem ernähren.«

»Wenn du vor mir stirbst, verhungere ich freiwillig«, antwortet mein Mann.

»Jippie!«

»...?«

»Soll ich dir in der Zwischenzeit Crêpes machen?«

»Ja, die sind so weich wie dein Hintern.«

Auf der Straße hält mich mein Mann bei der Hand. Manchmal legt er mir auch den Arm um die Schultern oder um die Taille. Er hält mich gerne fest, vielleicht um den anderen Männchen zu zeigen, dass ich ihm gehöre. Plötzlich winkt er sehr fröhlich einer jungen Frau zu. Mein Mann erinnert sich an alle Bücher, die er gelesen hat, alle Filme, die er gesehen hat, jede Musik, die er gehört hat, aber nur selten an Menschen. Wenn ich ihm sage, Magali ist wirklich reizend, dann fragt er, wer ist Magali, obwohl sie doch erst gestern bei uns zum Essen war. Mit Vorliebe erklärt er, ich wäre sein Gedächtnis, er würde die Informationen, die ihm im Weg sind, in meinem Kopf auslagern, wie auf der Festplatte eines Computers. Es wundert mich also, dass er dieses Mädchen grüßt.

»Wer war das?«

»Die Verkäuferin von Conran, die mir vor zwei Jahren meinen Schreibtisch zusammengebaut hat.«

Im Monoprix vesteckt sich mein Mann hinter den Gefrierregalen, tritt heraus und tut so, als würde er mich nicht sehen, um mich gleich darauf beglückt und verliebt wiederzufinden.

»Noch mal! Ich liebe das!«

»Das war jetzt das zehnte Mal.«

»Das könntest du auch hundertmal machen, ich würde jedes Mal wieder lachen.«

Genau diesen Moment wählt Ferdinand, um anzurufen.

»Hallo, Ferdinand?«

»Kannst du mich zurückrufen, Marie? Ich habe nicht mehr viel Guthaben.«

»Sobald ich mit Einkaufen fertig bin, in zehn Minuten.«

Kaum zu Hause, rufe ich an.

»Was gibt's, Ferdinand?«

»Deine Fotos, kommst du die abholen?«

»Schick sie mir lieber.«

»In der Post von Sainte-Estelle mögen sie mich nicht. Und außerdem habe ich auch noch was anderes zu tun.«

»Wie du willst. Geht's dir gut?«

»Warum sollte es mir nicht gut gehen? Hör auf, mich zu behandeln wie ein Baby.«

»Und zu Silvester? Feierst du mit Freunden?«

»Ich erzähl dir doch nicht mein ganzes Leben! Es läuft sehr gut mit den Leuten, die mich vorher nicht kannten.«

»Genau deswegen fände ich es ja auch besser, wenn du im Moment lieber nicht in Sainte-Estelle wärst.«

»Stimmt schon, in unserem Viertel sind sie alle ein bisschen daneben.«

»Allen voran Virgil.«

»Nur der Streckenwärter ist immer freundlich, er erzählt mir immer von Mama.«

15

In Saint-Tropez war da dieses Schwein mit dem Rolls, bestimmt der Chauffeur, und da war David Bensoussan. Jeden Tag mieteten er und seine Freunde an dem Strand, an dem ich arbeitete, Liegen und aßen zu Mittag. Nachmittags, während ihre Frauen in der Sonne lagen, standen sie bei mir an der Bar: »He, Marie, morgen hole ich dich mit dem Ferrari ab und nehme dich zu einem bombastischen Frühstück zu Sénéquier mit. He, im September fahre ich mit dir nach London, da kaufe ich dir Kaschmirpullis in allen Farben, das wirst du lieben.«

Ich entdeckte die Welt der Klamottenhändler, diese einnehmenden Familien, in denen selbst der letzte Knallkopf, sofern er nur ein Verwandter war, geschätzt und in den Himmel gepriesen wurde: »Doch, wenn ich's dir sage, mein Cousin ist tipptopp, wirklich, er hat nicht gerade das Schießpulver erfunden, aber Ehrenwort, du wirst schon sehen, er ist echt ein feiner Kerl!«

Am Ende des Sommers rief mir der Krawattenhersteller freundschaftlich zu: »He, Marie, komm uns in Paris besuchen, dann führen wir dich zum Essen aus.«

»Ich verstehe gar nicht, wozu, ich hatte euch doch schon den ganzen Sommer über nichts zu sagen.«

»Los, komm halt, wir ziehen mit dir durch die Nachtklubs«, schob der T-Shirt-Verkäufer nach.

»Ich bin ein Arbeitstier, wenn ihr mich wiedersehen wollt, müsst ihr mir einen Job geben.«

David Bensoussan, der tunesische Weise, trat daraufhin einen Schritt nach vorne: »He Marie, einverstanden, weißt du, ich jedenfalls will dich nicht hierlassen, du bist mein Sonnenstrahl, ich hab ein paar Läden, ich gebe dir einen Job. Du musst mir bloß Bescheid geben, wann du anfangen willst.«

»Im Oktober. Vorher will ich noch zu meinen Eltern.«

»He, versprochen.«

Und so kam ich nach Paris. Ich war zwanzig und kannte keinen Menschen, aber ich war hin und weg. Ich trug überdimensionierte Schulterpolster, knallenge Miniröcke aus Schlauchware, auf die ich oben und unten verschiedenfarbige Borten aufnähte, und ich toupierte mir den Pony und fixierte ihn mit Haarlack nach hinten. Abends nahm Bensoussan mich manchmal zum Essen mit seinen Freunden mit. Am nächsten Tag kamen seine Kumpels in den Laden und luden mich zum Mittagessen ein: »Marie, ich bin geschieden, ich bin gut situiert, ich habe Geld, du brauchst nur Ja zu sagen, und du kannst bei mir einziehen.«

Ich wohnte in einer gammeligen Einzimmerwohnung, die mir die Freundin einer Freundin einer Freundin meiner Mutter untervermietet hatte. Es gab keine Heizung, und die Toilette befand sich gegenüber von meinem Bett hinter einem Vorhang, im Boden war ein Loch, damit das Duschwasser ablaufen konnte. Ich hasste diese Bruchbude, und so ging ich jede Nacht allein im Elysée-Matignon tanzen. César, einer der Angestellten, gab mir *menthe à l'eau* aus. Ich zog die Jungen an, aber ich ließ keinen an mich heran. Wenn einer von ihnen mich küssen wollte, erstarrte mir das Blut zu Eis, und ich stürzte mich auf Schokocroissants, Baiser und sonstigen Süßkram, den ich hektisch in einer nachts geöffneten Bäckerei kaufte. Ich verschlang dieses Zeug, bis mir schlecht war. Einschlafen konnte ich nur mit vollem Mund. Statt mit einem hübschen Liebhaber meines Alters zu schlafen, verbrachte ich meine Nächte mit Essen.

André kam im selben Jahr wie ich nach Paris, wo er gerade eine Anstellung als Ingenieur gefunden hatte. Er war äußerst begabt und verdiente ein Wahnsinnsgeld, das er dafür ausgab, haufenweise Idioten ins Restaurant einzuladen. Meine Mutter konnte ihm ewig predigen, wie sinnlos das war, er würde diese Leute nie wiedersehen, er solle sich von seinem Gehalt lieber eine Wohnung kaufen, aber André lachte ihr ins Gesicht: Niemals wäre er so blöd, nur für seinen Bausparvertrag zu leben. Seit seinem Flugunfall, bei dem er schon dachte, sein letztes Stündlein hätte geschlagen, lebte André nur noch im Augenblick, in die Zukunft versetzen konnte er sich ausschließlich über seine Erfindungen oder seine Vergnügungen. Wenn einer seiner Freunde nach New York reiste oder auf Skiern quer durch Alaska wanderte, dann fühlte André sich verpflichtet, ihn zu begleiten, so sehr schreckte ihn der Gedanke, er könnte ein Abenteuer verpassen. Was ihn im Übrigen sehr sympathisch machte. Wann immer er konnte, fuhr er nach Barnezon und genoss mit unbeugsamem Willen den Schoß der Familie, wo man sich seinem Wohlergehen widmete.

Auch Virgil kam zwischen zwei Aufträgen heim nach Barnezon und wurde als großer Wandersmann empfangen, der sich über die Grenzen gewagt hatte, um ein einsames Leben inmitten der unermesslichen Weite zu führen. Als die erste Verblüffung überwunden war, dass er zum Tiermörder geworden war, was Ferdinand ihm wieder und wieder vorwarf, verkörperte Virgil die Freiheit. Er war stolz auf seine Aura als Weltenbummler, und er gefiel sich darin, vor einem begeisterten Publikum die tollsten Geschichten zu erzählen. Wenn er aber mit glanzvollen Menschen zu tun hatte, starrte er sie entgeistert an, konnte unmöglich Stellung beziehen und sich in die soziale Hierarchie einordnen, die er nur als Rivalität verstand. Dann unterwarf er sich bedingungslos und buckelte.

Ferdinand dagegen, der immer noch so viel auf Reisen war, war der Einzige, der sich über meine Zukunft Gedanken machte und mich für meinen mangelnden Ehrgeiz ausschimpfte. Es bekümmerte ihn, dass ich nichts aus meinem Leben machen wollte und meine Zeit damit verplemperte, in einem Laden Pullis zu falten, statt wieder zu zeichnen oder Schauspielunterricht zu nehmen und Schauspielerin zu werden, wo das doch meine Leidenschaft war. Manchmal hatte ich Anfälle von Klarsicht, in denen ich nach etwas Höherem streben wollte, aber an erster Stelle stand für mich mein Bedürfnis, die Verbindung zur Familie zu kappen, und mir fiel keine andere Lösung ein, als mir allein, weit weg von den Meinen unter den konkreten Vorgaben einer idiotischen Arbeit mit regelmäßigen Zeiten Struktur zu geben. Dass ich keine Wünsche hatte, verhinderte auch, dass ich zu phantasieren begann, abzugleiten, mich zu verlieren, ihm zu ähneln.

Doch als eines Tages der Regisseur Claude Zidi an meine Kasse trat, um den Anzug zu bezahlen, den ich ihm gerade zum Probieren gebracht hatte, machte mir ein Knoten in meinem Bauch klar, dass dieser Mann mich aus den Spurrinnen meines vorgezeichneten Lebenswegs herausholen konnte, wenn ich nur jetzt etwas unternahm. Als er seine Kreditkarte herausholte, las ich in seinem Portemonnaie über Kopf die Telefonnummer von Philippe Noiret, die ich mir spontan einprägte. Kaum war Zidi aus dem Laden, da stürzte ich zum Telefon:

»Hallo, guten Tag, Madame, könnte ich bitte mit Philippe Noiret sprechen?«

»Hier ist seine Frau, mit wem spreche ich?«

»Oh! Entschuldigen Sie, dass ich Sie störe, Madame, ich habe diese Nummer über die Produktionsfirma von Claude Zidi. Ich dachte, ich käme an seine Assistentin, nicht zu ihm nach Hause, es tut mir wirklich sehr leid.«

Von wegen! Kein Stück tat es mir leid.

»Was wollen Sie denn?«

»Tja, ich heiße Marie, ich komme aus Barnezon, ich verkaufe in der Konfektion, aber ich möchte gerne Schauspielunterricht nehmen, ich rufe an, um ihn um Rat zu fragen.«

»Einen Augenblick, Mademoiselle.«

Ein paar Minuten später bat mich die Dame, ihn morgen um vierzehn Uhr anzurufen. Was ich auch tat. Wieder geriet ich an seine Frau, die mir Philippe Noiret reichte.

»Hallo, guten Tag, Monsieur, ich heiße Marie, ich komme aus Barnezon, ich verkaufe in der Konfektion, aber ich möchte Schauspielerin werden.«

»Hahaha! Wirklich ein guter Witz! Hahaha!«

»Nein, das stimmt aber!«

»Sie haben eine hübsche Stimme, das ist in diesem Beruf von Vorteil, wissen Sie, und dass Sie so dreist sind, auch.«

»Ach ja?«

»Kommen Sie Montag früh um sieben zum Set der *Bestechlichen.* Ich bin im Hotel gegenüber der Metrostation Barbès.«

Als ich kam, war Philippe Noiret gerade in der Maske, zusammen mit dem anderen Hauptdarsteller des Films, Thierry Lhermitte. Er stand auf und kam mir entgegen, und wie gelähmt von meiner Gegenwart lachte er und sagte immer wieder wild gestikulierend: »Hahaha! Das hier ist Marie, sie kommt aus Barnezon, sie verkauft in der Konfektion, und sie will Schauspielerin werden. Und ratet mal, wen sie da anruft? Mich! Hahaha! Setzen Sie sich, Kindchen, solange ich geschminkt werde. Oh! Sie haben sehr schöne Schuhe. Krokodilledermokassins! Wahrscheinlich Weston. Sie lassen es sich ja gut gehen,

Marie aus Barnezon, verkauft in der Konfektion. Oho-hoh!«

Sie waren aus Kunstleder, aber ich wollte ihn nicht enttäuschen.

Noiret umsorgte mich den ganzen Vormittag, nach jedem Dreh setzte er mich neben sich, gab mir Anekdötchen zum Besten, ließ mich von Barnezon erzählen. In der Mittagspause weigerte er sich, in die Kantine zu gehen, und bot mir an, in seiner Loge das Picknick zu teilen, das seine Frau ihm vorbereitet hatte.

»Marie, sagen Sie keinem, dass ich nett zu Ihnen war, ich habe den Ruf eines alten Griesgrams, und an dem ist mir gelegen.«

Als am frühen Nachmittag der oberste Regieassistent durch sein Megafon rief, für heute sei Schluss, bat mich Noiret, ihn zum Abschminken zu begleiten.

»Warten Sie einen Moment, Marie aus Barnezon, verkauft in der Konfektion, ich brauche eine Viertelstunde Ruhe, und dann gebe ich Ihnen die Nummer von meiner Tochter, sie kümmert sich um Nachwuchsschauspieler, sie kann Ihnen Statistenrollen besorgen, kleine Rollen, so haben wir alle angefangen.«

»Ich bin nicht gekommen, um Sie um Hilfe zu bitten, sondern nur, um Sie kennenzulernen. Es war sehr nett, aber jetzt gehe ich.«

»Nein, warten Sie, Marie, nehmen Sie die Nummer von meiner Tochter, die hilft Ihnen in den Sattel.«

»Es war ein toller Tag, tschüs!«

Und ich rannte davon. Ungefähr so stellte ich mich an, um Schauspielerin zu werden. Ich verwandte unbändige Energie darauf, zum richtigen Zeitpunkt mit dem richtigen Menschen am richtigen Ort zu sein, und wenn der andere bereit war, mir zu helfen, lief ich davon. Ich weigerte mich, mich lieben zu lassen, und ging nie über das, womit ich ganz fest rechnete, hinaus. Ich rannte immer dem Augenblick nach, ich litt darunter, dass ich nicht wusste, was ich sein wollte.

Irgendwie landete ich aber doch eines Morgens im Schauspielunterricht von Jean Laurent Cochet, dem ersten Menschen, der mir Lust aufs Lernen machte. Ab sofort verbrachte ich meine Nächte mit Sacha Guitry, Paul Claudel und Henry de Montherlant, las ein Stück nach dem anderen, arbeitete pausenlos an verschiedenen Szenen, aber ausschließlich an Monologen, Gedichten und La Fontaines Fabeln. Da mir mit den anderen Schülern unwohl war, wollte ich allein vorankommen.

»Marie«, sagte mir Cochet eines Tages, »du bist zur Schauspielerin geschaffen. Äußerlich bist du die ideale jugendliche Liebhaberin. Du bist fleißig. Du hast ein gutes Gedächtnis. Du bist witzig, einfallsreich, mysteriös. Du sprichst zu schnell, aber das lässt sich korrigieren. Und vor allem, ich weiß ja nicht, was du hinter dir hast, aber in deinen Augen liegt ein Drama, das dich furchtbar anrührend macht.«

Gestärkt von diesem Kompliment, das erwarten ließ, dass ich es in meinem Leben doch noch zu etwas bringen könnte, rezitierte ich am folgenden Wochenende meiner

Mutter La Fontaines *Liebe und Wahn*, doch sie bezweifelte, dass ich auf meiner ungewöhnlichen Intonation eine Schauspielerkarriere würde aufbauen können. Außerdem hatte sie schon genug Sorgen! Ferdinand, der sich nunmehr nach unserem gelehrten Ahn Ferdinand Pandéris nannte, bekümmerte sie. Seine neueste fixe Idee war es, das Immobilienimperium zu rekonstruieren, das wir in Sainte-Estelle hätten besitzen können, wenn unser Großvater nicht sein Erbe durchgebracht hätte. Was er in den alten Katastern las, stürzte ihn in wahnsinnige Wutanfälle. Er bläute uns ein, wenn er (endlich) als großer biologischer Gelehrter anerkannt wäre, würde er kein Wort mehr mit diesen Arschlöchern aus Barnezon reden, die die Karriere seines Vaters zerstört hätten.

Die Beklommenheit meiner Mutter absorbierte meine ganze Freude und fegte das bisschen Selbstvertrauen fort, das ich gerade aufgebaut hatte. Richtig, was bildete ich mir auch ein, plötzlich die Ehrgeizige geben zu wollen, während doch Ferdinand, der ein renommierter Wissenschaftler hätte werden sollen, dann ein genialer Philosoph und schließlich ein begabter Fotograf, gerade sein gesamtes Leben in den Sand setzte?

»Deck lieber den Tisch, Marie«, war der Schluss, den meine Mutter aus meiner Interpretation zog (die ich durchaus sehr gelungen fand). »Außerdem kennen wir La Fontaines Fabeln in- und auswendig!«

»Auch *Der Tod und der Sterbende*?«

»Und steck die Whiskyflasche, die ich vorhin gekauft

habe, in meine Stiefel, ich will nicht, dass dein Vater sie sieht.«

»Warum hast du sie denn gekauft?«

»Falls wir Gäste kriegen!«

In Paris schlug ich mich irgendwie durch, schickte meine Mappe an Castingadressen, war Statistin in Eddy Mitchells *Dernière Séance* und traf mich mit zwielichtigen Produzenten (die ich offenbar anzog). So bekam ich etwa eines Nachmittags einen Anruf von einem Mann mit starkem ausländischem Akzent:

»Hallo, Marie? Guten Tag, ich habe ein Foto von Ihnen in der Hand. Bravo! In dem Film, den ich gerade mache, habe ich keine Rolle für Sie, aber ich hätte Sie liebend gerne heute Abend beim Essen mit ein paar Freunden dabei.«

»Äh, nein.«

»Hm. Ich würde Ihnen gerne das Drehbuch für einen italienischen Sandalenfilm zu lesen geben, Sie sind genau die Richtige für die weibliche Hauptrolle.«

»Ach ja?«

»Kommen Sie morgen in mein Büro, um achtzehn Uhr, passt das? Darf ich für heute Abend noch mal insistieren?«

»Nein.«

In seinem Büro war sonst kein Mensch. Ich überflog das Drehbuch. Ich müsste nackt auf einem Pferd galoppieren.

»Marie, Sie gefallen mir ausnehmend.«

»Wie bitte?«

»Darf ich Sie küssen?«

»Nein.«

»Man ist so selten wirklich angerührt. Sie sehen ja, in welchen Zustand Sie mich bringen.«

»Tja, also ich geh dann, für diese Rolle habe ich sowieso zu viel Busen.«

»Sie erregen mich, darf ich vor Ihnen masturbieren?«

»Klar doch!«

Ich sagte mir, wenn ihm erst die Hose auf den Füßen hinge, könnte er mir nicht mehr nachlaufen. Also knöpfte er sich die Hose auf und fing an, sich jämmerlich einen runterzuholen. Ich rannte auf und davon. Danach rief mich dieser Dummkopf ununterbrochen an.

Zwanzig Jahre später sitze ich im Auto und sehe ihn genau vor dem Fouquet's die Avenue George-V überqueren. Er steht einen Meter vor mir. Das widerliche Profil des alten Lüstlings erkenne ich sofort wieder. Fast hätte ich Gas gegeben.

»Hattest du wirklich Lust, ihn zu überfahren?«, fragt mein Mann.

»Das war ein fettes Schwein.«

»Wenn man alle Idioten überfahren wollte, würde man ganz schnell zum Serienmörder.«

Um mein Englisch aufzubessern, jobbte ich im nächsten Sommer in Los Angeles in einem Laden von David Bensoussan im Beverly Center. Ich sollte bei meinem französischen Chef wohnen und essen, aber da dessen vier Jungs die ganzen Ferien über in ihrem Fertigbauhaus in Encino herumhingen und sich zankten, zog ich lieber zu der anderen Verkäuferin, einem Mädchen in meinem Alter, deren Vater mir anbot, mich zu adoptieren, damit ich die Greencard bekäme. Das war verlockend. Aber ich liebte meine Mutter.

Ich ging zurück nach Frankreich. Sie erwartete mich am Flughafen, ich musste ihr gefehlt haben, und sie brachte mich im Hotel unter, bis ich eine neue Wohnung gefunden hatte.

Am nächsten Tag erklärte Cochet vor der versammelten Klasse: »Eine Schülerin hier hätte, wenn sie letzte Woche beim Vorspiel für den Meisterkurs da gewesen wäre, bestanden, also lasse ich sie so durch: Marie.«

Als Cochet mich zum ersten Mal auf die Bühne in seinem Théâtre Hébertot steigen ließ, war ich ganz grün, von Kopf bis Fuß. Tags zuvor hatte meine Mutter mir einen grünen Rock gekauft, einen grünen Pulli, grüne Schuhe, ein grünes Haarband und sogar eine grüne Strumpfhose.

»Aber Marie, was hast du angestellt? Willst du deine Chance vertun? Im Theater zieht man sich nie grün an! Niemals!«

16

Ich habe nie Theater gespielt. Und auch nicht im Film. Und ich schwankte zwischen Demut und Ernst, als ich zum ersten Mal in meinem Leben eine psychiatrische Klinik betrat. Ferdinand war soeben eingewiesen worden, und sein Drama machte mich wichtig. Es machte mich lebendig. Es ist bescheuert, aber dadurch fühlte ich mich am Leben. Dabei nähre ich mich keineswegs als Vampir am Unglück der anderen.

Ich wollte ihn unbedingt allein besuchen. Um ganz für ihn da zu sein.

Ein Hilfspfleger führte mich vor eine abgeschlossene Tür und klopfte. Ein Pfleger öffnete, ließ mich herein und drehte hinter mir zweimal den Schlüssel im Schloss. Ferdinand wusste, dass ich kam, und wartete offenbar seit mehreren Stunden, er rauchte eine Zigarette nach der anderen. Als ich ihn so ratlos sah, weinte ich. Ich schaute zu Boden, um meine Tränen vor ihm zu verbergen, und ich machte mir Vorwürfe, dass ich es meinen Eltern verübelt hatte, Ferdinands Krankheit zu leugnen. Sie leugneten sie gar nicht. Im Gegenteil. Sie wussten, dass die Einweisung früher oder später unumgänglich sein würde, und sie hatten sich bewusst entschieden, Ferdinand außer seinen Reisen auch seine Freiheit und ihr Vertrauen zu schenken, vor allem aber Zeit, abgetrotzt den Jahren, die seine Krankheit ihm noch rauben würde. Das Einzige, was sie tun konnten, war, den Tag, an dem ihr Sohn an so einem deprimierenden Ort landen würde, so lange wie irgend möglich hinauszuzögern. Wie großzügig sie waren!

Ferdinand war sehr aufgeregt.

»Das ist meine Schwester«, sagte er zum Pfleger, »sie kommt mich abholen.«

»Komm, Ferdinand, wir gehen in dein Zimmer.«

»Geh lieber zum Arzt und erklär ihm, dass er sich getäuscht hat.«

»Zeig mir zuerst, wo du schläfst.«

Wir kamen in ein Zimmer mit sechs Betten. Ein Mann kratzte sich unaufhörlich die Füße.

»Das ist ein armer Schlucker, seine Familie hat ihn im Stich gelassen.«

»Wie heißt er?«

»Léon, aber vergiss es, sie haben ihm zu viele Medikamente gegeben, er versteht überhaupt nichts mehr. Marie, du musst mich unbedingt hier herausholen, weißt du, was sie mir hier antun? Sie fixieren mich und spritzen mir Haldol.«

»Ich habe dir Kekse gekauft.«

»Meine Familie ist wirklich ein einziger Sumpf.«

»Der Arzt hat Mama gesagt, du kommst raus, sobald es dir besser geht.«

»Aber, arme kleine Marie, die Ärzte hier sind alle verrückt.«

»Reg dich nicht auf.«

»Hast du Geld für meine Zigaretten?«

»Ja, Mama hat mir welches gegeben.«

»Sag ihr, sie soll mich hier herausholen, ich soll einen dicken Vertrag für Fotos in Japan unterschreiben.«

»Aber nein.«

»Ich muss hier raus, bevor in Irak Krieg ist.«

»Ich will sehen, was ich tun kann.«

»Das war doch sicher Virgil in seinem Sumpf, er hat mich einsperren lassen, er hat mich schon immer gehasst.«

»Nein, das waren die Polizisten, nachdem du versucht hast, in diese Villa einzudringen.«

»Unsere Villa, Marie.«

»Nun ja, Ferdinand …«

»Würde es dir nicht gefallen, wenn wir ein größeres Haus hätten, sag?«

Ferdinand hatte die Villa Esmeralda zurückfordern wollen, die unser Großvater angeblich vor über fünfzig Jahren seiner Mätresse geschenkt hatte, deren Mann, einem mittellosen Maler, außer unserem Vorfahren niemand sonst seine Werke abgekauft hatte. Einer anderen Familienlegende zufolge soll er mit dieser Frau einen Sohn gehabt haben, Roger, der sich mit achtzehn in eine meiner Tanten verliebte und wiedergeliebt wurde, sodass sie die Hochzeit planten. Großvater aber soll ihnen (unter dem Siegel der Verschwiegenheit) die Wahrheit gesagt haben: Ihre Vereinigung war unmöglich, weil sie Geschwister waren. Das brach Roger das Herz. Soeben war der Krieg ausgebrochen, und er ging in die Résistance, wenige Wochen darauf wurde er von den Deutschen erschossen. Meine Tante heiratete einen alten Miesepeter, der mich ins Ohr biss, wenn ich ihm einen Gutenachtkuss geben musste.

Ferdinand war über den gusseisernen Zaun dieses vornehmen Anwesens in Sainte-Estelle geklettert. Ganz weiß gekleidet, hatte er am Eingang geklingelt. Eine Frau, die ihm zufolge wie eine Schlampe aussah, öffnete. Er hatte sich vorgestellt: Prinz Pandéris. Bis hier ging alles gut. Die Dame wohnte ja neben dem Palast von König Fahd, da fand sie nichts daran, Besuch von einem jungen Prinzen mit braun gelocktem Haar zu bekommen. Doch als Ferdinand anfing, ihr zu erklären, dass er seinen alten Besitz zurückholen kam, weil er die Nase voll davon hatte, sich von der Freigebigkeit seines Großvaters traumatisieren zu lassen, der sein Erbe durchgebracht hatte, und dass er von seinen Fotos nicht leben konnte, denn die Fotografie, das war ja weithin bekannt, brachte einem keinen roten Heller ein, da hatte sie um Hilfe gerufen. Und Ferdinand hatte sie daraufhin als Terroristin beschimpft.

Ihr Mann kam gelaufen, dann die Polizei.

Auf der Wache hatte Ferdinand erklärt, wenn er nicht gerade fotografiere, denke er über den Zustand der Welt nach, und das verlange ihm unglaublich viel Mühe ab. Und um seiner kleinen Schwester nicht mehr zur Last zu fallen, die kaum schlafen konnte, wenn er arbeitete, wünsche er, sich mit seinem Fotolabor in der Villa Esmeralda einzurichten, die ohne die christliche Wohltätigkeit seines Großvaters ihm gehören würde.

Die Polizisten kratzten sich am Kopf, und da er offensichtlich kein Krimineller war, brachten sie ihn in die psychiatrische Klinik Santa Maria. Als Ferdinand diesen Namen hörte, hatte er aufgeheult, Maria sei die Mutter Gottes, der auch so ein Christ, aber immerhin so umsichtig gewesen war, sein Brot zu vermehren, bevor er es verschenkte.

»Jedenfalls, Marie«, ergänzte Ferdinand, »wenn du mich hier drin lässt, wirst du wieder Ärger mit den Männern kriegen.«

»Wovon redest du?«

In seiner übersteigerten Sensibilität, die ihn direkt in die Psychiatrie gebracht hatte, hatte Ferdinand eine unglaubliche Gabe, in meine Gedanken einzudringen.

»Du verstehst mich schon.«

»Nein«, erwiderte ich verlegen.

»Doch, doch! Du weißt genau, der wahre Verrückte in der Familie bin nicht ich. Übrigens ist keiner von uns vieren ganz gesund. Sag Mama, sie soll mich rausholen. Es ist zum Kotzen, mich hierzulassen.«

»Du kommst raus, sobald du gesund bist.«

»Du bist schlimmer als Paul Claudel, der hat seine Schwester in die Klapsmühle sperren lassen, weil er neidisch auf ihre Begabung war. Schau nur mal ihre Skulpturen an, du Banausin, du wirst schon sehen, sie sind randvoll mit Schmerz.«

Nach Hause kam Ferdinand fünf Monate später. Ruhig. Umsichtig. Besorgt. Medikamentös eingestellt. Für immer. Mit Schwerbehindertenausweis. Meine Eltern versuchten ihm zu helfen, indem sie ihm eine Ausbildung als Profifotograf in der Schweiz besorgten, aber er hatte kein Selbstvertrauen mehr und vor allem keines mehr in das künftige Urteil der anderen über ihn. Jeder hatte eine Meinung parat.

Virgil zufolge war Ferdinand ein Faulenzer, der den Verrückten spielte, um nicht arbeiten zu müssen. Er hatte nur im Kopf, Ferdinand auf dem Bau unterzubringen, damit er dort schuftete, da würde er schon lernen, was Leben heißt. André nannte ihn Doktor Benson, wegen der Zigaretten, die Ferdinand rauchte, und weil er den ganzen Tag mit hochgelegten Füßen auf dem Sofa lag und Lehrsätze von Deleuze zum Besten gab: »Gewalt ist, was nicht spricht.« Der miesepetrige Onkel kritisierte meine Eltern. Wäre Ferdinand sein Sohn, dann hätte er ihn strenger erzogen, und die Schande der Psychiatrie wäre niemals über die Familie gekommen. Ein anderer brüstete sich, er hätte das mit einem gezielten Tritt in den Hintern und ein paar Ohrfeigen geregelt. Ein dritter meinte, man sehe ja, was herauskomme, wenn man die Kinder so verhätschele! Ein vierter befand, mit ihrem Freiheitsanspruch hätten meine Eltern Ferdinand keine Struktur gegeben. Keiner war schlicht so anständig, meinen Vater und meine Mutter zu bedauern, die sich in ihren Schuldgefühlen verstrickten, ohne zu wissen, ob für die Psychose ihres Sohnes ein Ereignis in seinem Leben verantwortlich war, das ihnen entgangen war – ein versteckter Erbfehler, ein Unfall, der ihm als Kind eine Gehirnerschütterung eingebracht hatte, eine Fehlbildung in seinem Gehirn oder eine Störung in seinem Nervensystem –, und sie hätten ihr Leben dafür gegeben, Ferdinand zu klarem Verstand zurückzuhelfen.

Es war der Anfang eines höllischen Teufelskreises. Ein paar Monate später hatte Ferdinand wieder einen Schub mit Wahnvorstellungen. Trotz seiner Krankengeschichte war es sehr schwierig, ihn in Behandlung zu bringen. Die Psychiater weigerten sich, ins Haus zu kommen, und Ferdinand weigerte sich, zum Arzt zu gehen. Wir konnten die Fachleute damit beknien, je schneller Ferdinand behandelt würde, desto schneller nähme er wieder Vernunft an, aber keiner hörte uns zu. Wir waren allein, machtlos, vor unseren Augen Ferdinand, dessen geistiger Zustand sich genauso schnell verschlechterte, wie unser Unverständnis wuchs und die Anspannung an unserer Familie und unseren Seelen nagte.

Und wenn meine Eltern die beiden Atteste vorwiesen, die Ferdinands Einweisung verordneten, dann war kein Pfleger oder Sanitäter bereit, die Verantwortung für die Überführung zu übernehmen. Ferdinand kannte die Paragrafen zur Unverletzlichkeit der Wohnung in- und auswendig, er schloss sich im Haus ein und deklamierte sie aus dem Fenster, um alle in die Flucht zu schlagen. Ein Jahr dauerte es, bis Ferdinand bereit war, in den Krankenwagen zu steigen, der ihn regelmäßig holen kam.

Doch kaum befand er sich in der psychiatrischen Klinik Saint-Jean, brach er aus. Sanitäter fanden ihn auf einer Lichtung, auf der er zehn Tage übernachtet hatte. Nach stundenlangen Verhandlungen schafften sie es, ihn in eine andere Klinik zu bringen, die weniger gut war und weiter weg von Barnezon und aus der er es ebenfalls schaffte auszubrechen. Keiner wusste, wo er war.

Schließlich griff dann die Polizei Ferdinand in Paris auf, er saß auf einer Bank im 9. Arrondissement und beweinte den Tod seines Vaters, John Lennon. Sie merkten, dass bei ihm etwas nicht in Ordnung war, und brachten ihn in eine Psychiatrie außerhalb der Stadt.

Diese Klinik hatte einen ausgezeichneten Ruf. Dass Ferdinand dort gelandet war, war ein Glücksfall, er würde die besten Ärzte und Therapien bekommen. Meine Eltern wiegten sich schon in der Hoffnung, er würde gesund werden, und schmiedeten Pläne. Sie würden ihn mit dieser Stiftung nach Australien schicken, wo er lernen könnte, mit Delfinen zu arbeiten. Das war teuer, aber wieder einmal waren sie bereit, sich aufzuopfern. Außerdem konnten ihm mehrere Tausend Kilometer Abstand von Barnezon oder Sainte-Estelle nur guttun. Aber es musste schnell gehen. Am nächsten Tag hatten sie einen Termin bei der Direktorin.

Um Zeit zu gewinnen und meinen Eltern in ihrer Erschöpfung die x-te Reise zu ersparen, bot ich ihnen an, an ihrer Stelle hinzugehen.

Nur hatte ich nicht damit gerechnet, auf die idiotischste und boshafteste Bürokratin zu treffen, der ich je begegnet war. Die Direktorin wollte nur eines: Ferdinand nach Saint-Jean zurückschicken, und zwar unter dem Vorwand, er hänge behördlich von Barnezon ab und falle nicht in ihre Zuständigkeit. Ich schlug vor, ihn in meiner Wohnung zu melden, dann wäre Schluss damit, dass irgendwelche amtlichen Spitzfindigkeiten die Zukunft meines Bruders verbauten, für den ich sogar bereit gewesen wäre, Berge zu versetzen. Sie aber blieb stur bei ihrem Nein. Ich redete mir die Zunge fusselig, Ferdinand würde aus Saint-Jean ausbrechen, es wäre eine Katastrophe, wenn er nicht behandelt würde, das sei unterlassene Hilfeleistung – sie mauerte. Als sie nach zwei Stunden fruchtloser Diskussion verächtlich anmerkte, es sei ja gar nicht an mir, sondern an meinen Eltern, die sich nicht einmal zu einer Fahrt hätten aufraffen können, hätte ich sie fast geohrfeigt.

Tags darauf wurde Ferdinand nach Saint-Jean verlegt. Meine Eltern waren mit einem Schlag um zehn Jahre gealtert. Drei Tage später brach er aus der Klinik aus und zog zu Hause ein, er schrie, brüllte, halluzinierte, erklärte, er sei nicht verrückt und brauche seine Medikamente nicht zu schlucken, sie machten ihn nur dick und würden ihm irgendwann das Gehirn durchlöchern und sämtliche Zähne ausfallen lassen (womit er nicht unrecht hatte). Meine Mutter zerstieß die Tabletten heimlich in seiner täglichen Flasche Milch, aber Ferdinand war misstrauisch und wollte sie nicht mehr trinken, sondern begann von Neuem, sich nur von rohen Eiern zu ernähren. Er kaufte wieder eine Henne, die ich in ein Laken gehüllt zu dem Bauern zurückbringen musste, der sie ihm auf dem Markt angeboten hatte.

Es war die Hölle! Die Hölle, ihn halluzinieren zu hören. Die Hölle, wenn er wütend war. Die Hölle, ihn in die

Klinik zu bringen. Die Hölle, wenn er drin war. Die Hölle, ihn so zu erleben. Die Hölle, meine niedergeschmetterten Eltern zu erleben. Die Hölle, sich zu erinnern, wie intelligent Ferdinand als Kind war. Die Hölle, sich klarzumachen, dass seine Jugend dahin war. Die Hölle, ihn zu lieben.

Die Krankheit stahl ihm sein Leben. Sie brachte ihm keinerlei Mitleid ein. Hätte er Krebs gehabt, dann hätten ihn seine Freunde bedauert, so aber liefen sie vor ihm davon. Ferdinand war ein Opfer. Ein Opfer, mit dem es schwer auszukommen war. Nur meine Eltern schafften das. Das ist es vielleicht, was Elternsein bedeutet?

17

Lag es daran, dass ich so viele Theaterstücke las, oder am Schock über Ferdinands sich wiederholende Klinikaufenthalte? Eines Nachts lag ich auf dem Ausziehbett in meiner Zweizimmerwohnung in einer gammeligen Straße im 18. Arrondissement und schrieb einen Brief an meinen Vater.

Mein lieber Papa,
ich habe Angst vor mir.

Ich fühle mich überflüssig auf dieser Erde, nicht gewollt, ich frage mich immer und immer wieder: Wie kann man mich nur lieben? Ich finde mich völlig uninteressant, und darum sage ich am liebsten nichts, sodass ich ganz schüchtern wirke.

Oft tue ich auch das Gegenteil von dem, was ich tun will.

Ich kann mir nicht erklären, warum das bei mir so ist. Ich stelle mir lauter bescheuerte Fragen, statt mich auf ein bestimmtes Ziel zu konzentrieren.

Außerdem mache ich mir Sorgen, weil ich überhaupt keine Lust habe, Jungen »anzumachen« (und Mädchen übrigens auch nicht). Dabei fühle ich mich körperlich gar nicht unbefriedigt, denn mein Körper ist kalt und kennt so etwas wie Begehren, Trieb oder Erregung überhaupt nicht. Aber für das physiologische Gleichgewicht muss das sehr schlecht sein, da bin ich überzeugt, denn es gehört zu unserem Leben, und unbewusst stopfe ich diese Lücke mit meiner Bulimie, die schlimmer und schlimmer wird. Es gibt nicht eine Nacht, in der ich nicht aufstehe, um zu essen. Aber ich kann mich doch nicht zwingen, mit Jungs ins Bett zu gehen. Ich verstehe nicht, woher das kommt, ich bin immer von Freunden umgeben, ich flirte liebend gerne, weder ekelt es mich noch ist es mir peinlich, sondern einfach nur gleichgültig.

So sieht es also aus in meinem kleinen Leben. Ich bin dreiundzwanzig und erzähle Dir das alles, weil Du mein Papa bist, und selbst wenn wir es nicht schaffen, miteinander zu reden, ist es mir doch wichtig, dass Du weißt: Ich lebe, und Du fehlst mir.

Marie

Sobald mein Vater den Brief bekommen hatte, rief er mich an. Er war gerührt und kam am nächsten Tag zu mir. Ich war sehr aufgeregt. Endlich würden wir reden. Ich hatte eine Liste geschrieben mit allen Themen, die ich ansprechen wollte. Ich habe es sehr mit Listen. Ich liebe es, alles Erledigte durchzustreichen. Ich holte ihn in seinem Hotel ab, wo er mit ein paar Whiskys anfing. Als wir im Restaurant ankamen, war er betrunken. Wir haben uns nichts gesagt. Aber gekommen war er.

18

»Guten Morgen, meine Liebe«, sagt mein Mann, als er aufwacht (um zehn Uhr).

Mein Mann lebt im Rhythmus eines Nachtschwärmers (ohne jemals auszugehen) und ist nie vor drei Uhr morgens im Bett. Deshalb stehen wir spät auf.

»Hast du gut geschlafen? Ich habe dich aufstehen hören.«

»Weißt du, ich wache immer um 4:20 Uhr auf.«

»Aber ich bin doch da.«

»Ich bin das so gewohnt.«

»Und was hast du gemacht?«

»Ich habe im Wohnzimmer gelesen, dann hab ich mich noch mal an dich gekuschelt. Erinnerst du dich, ich habe dich umarmt, damit du ganz nah kommst?«

Mein Mann verschwindet unter der Decke und legt

mir den Mund auf den Bauchnabel, als würde er in ein Megafon sprechen, und fängt an zu brüllen: »Guten Morgen, Mädels! Guten Morgen, ihr Lieben! Ich liebe euch alle so, wie ihr seid. Habt ihr gut geschlafen?«

»Ja! Ja! Ja! Ja! Ja!«, antworte ich mit lauter verschiedenen Stimmen.

»Die Ausreißerin auch? Hat sie gut geschlafen? Keine Lust mehr, abzuhauen?«

»Von der habe ich schon länger nichts mehr gehört.«

»Wie gerne wäre ich Verlaine gewesen und hätte dir diese Zeilen geschrieben: ›Oft träume ich so fremd und innig von einer unbekannten Frau, ich liebe sie, sie liebt mich auch, nicht gleich ist sie von Mal zu Mal und anders nicht, und liebt mich und versteht mich ganz und gar.‹«

Als ich meinen Mann kennenlernte, sagte ich ihm gleich, dass in mir mehrere Frauen wohnten: Cosette, die Dampfwalze, Sylvette, die Verliebte, die Queen Mum, Castro, Kaiserin Sissi, die Ausreißerin. Jede hatte ihre Persönlichkeit und übernahm oder überließ anderen je nach den Umständen die Kontrolle über meine Äußerungen. Er nahm mich beim Wort.

Er eröffnete mir dafür, dass ihm anfangs, wenn wir miteinander schliefen, eine Vision in den Sinn kam, die er als jüngerer Mann gehabt hatte. Eines Nachts hatte der Geist einer alten Frau über ihm Gestalt angenommen. Er war so verschreckt gewesen, dass er nicht mehr hatte einschlafen können. Ohne einen Moment des Zweifels hatte ich ihm erklärt, dass ich das war. Dass ich es wusste. Es war doch ganz logisch. Da er diese Vision in dem Jahr gehabt hatte, in dem ich nach Paris kam, hatte ich wohl nach ihm gesucht. Und erst recht, wenn wir uns schon seit dem Mittelalter kannten. Daher kam es auch, dass ich mir bei unseren ersten Treffen sagte, wie gut es war, dass er zurück war. Ich beruhigte ihn, die Vision habe ihm nur gezeigt, was bei seinem Tod sein letzter lebendiger Anblick wäre. Ich werde da sein, alt, bei ihm.

»Los jetzt, Faulpelz!«, schreie ich ihm plötzlich ins Ohr, damit er aufsteht.

»He! Spinnst du? Lass mich noch ein bisschen.«

»Los jetzt! Du musst meinen Lebensunterhalt verdienen!«

»Welche von deinen Frauen hat denn beschlossen, mich heute zu ärgern?«

»Kaiserin Sissi! Los, raus aus den Federn, mach mir … äh, machen Sie mir mein Frühstück.«

»Bist du nicht allmählich fertig?«

»Wie meinen?«

Sonntags siezen wir uns, mein Mann und ich. Das heißt, wir versuchen uns zu siezen, meistens schaffen wir es nicht, die Gespräche werden davon ganz absurd, vor allem, wenn ich ihn dann abends mit seinem Vater telefonieren höre: »'n Abend, Vadder!«

Es ist ein Widerspruch in sich. Mich schockiert es, wenn ich ihn so reden höre. Ich stelle ihn mir als kleinen Arbeitersohn vor, mit seinen Eltern in einer Fünfunddreißig-Quadratmeter-Wohnung am letzten Ende des 13. Arrondissements, wo es zuging wie heute in den Banlieues.

Mein Mann hat mir erzählt, wie man ihn in der Oberstufe in den technischen Zweig gedrängt hat, damit auch er Arbeiter wurde: »Die Lehrer haben uns immer wieder eingebläut: ›Wenn euer Chef dies von euch will, wenn euer Boss das haben will, dann müsst ihr schließlich auch gehorchen!‹ Sie wollten uns eintrichtern, dass wir unser Leben lang Befehle empfangen würden, und da bin ich abgehauen. Als ich nach Paris zurückkam, habe ich mir einen Job als Kellner in einem Nachtklub gesucht, und tagsüber schrieb ich Theaterstücke.«

Der Umgang mit seinen frustrierten Eltern, die sich gewissermaßen gezwungen hatten, nur von dem zu träumen, was sie auch erreichen konnten, brachte ihn dazu, sich nichts anderes zu wünschen, als zu schreiben.

»Am Anfang war das nichts, aber je mehr ich dranblieb, desto besser wurde ich, und drei Jahre später habe ich meine Truppe gegründet, weil ich mein erstes Stück inszenieren wollte. Ich habe in einem Dienstbotenzimmer gewohnt. Nicht einmal einen Kaffee in der Sonne habe ich mir geleistet. Mit dem Geld, das ich verdient habe, habe ich ausschließlich meine Theaterprojekte finanziert. Wenn ich darüber nachdenke, merke ich, dass ich mich in eine Lage gebracht hatte, in der ich gar keine andere Wahl hatte, als Erfolg zu haben. Sonst wäre ich wahrscheinlich verrückt geworden.«

Und so wurde mein Mann durch Disziplin und Gewissenhaftigkeit – aber weil er dauernd arbeitete, merkte er es gar nicht – mit vierzig Jahren ein attraktiver Junggeselle, der gut verdiente und allmählich öffentlich wahrgenommen und anerkannt wurde.

»Ich war so beschäftigt damit, das Künstlerrevier zu erobern, dass ich gar nicht daran dachte, Wachposten aufzustellen, um mein Gefühlsleben zu schützen. Und so habe ich mich von einer Art Einsiedlerkrebs überrennen lassen, der bei mir ein und aus ging und ständig geflennt hat, sobald ich Schluss machen wollte. Das bereitete mir Schuldgefühle.«

»Und warum hast du nicht abgeblockt, zugesperrt, oder bist umgezogen?«

»Weil ich immer nur gearbeitet habe. Ich wollte mit diesem Streit nicht meine Energie verplempern.«

»Sehr schlau von dir.«

»Bescheuert, würde ich sagen. Irgendwann bin ich in der Depression gelandet. Das hat mich kalt und zynisch gemacht. Meinen Frust habe ich dann in meinen Stücken wiederaufbereitet. Diese Fehlsteuerung ist mich teuer zu stehen gekommen. Zehn Jahre lang war ich unglücklich.«

»Warum hast du nicht nach mir gesucht?«

»Befriedigung kannte ich nur im Beruf, und die bekam ich, weil ich sie wollte. Dich konnte ich nicht wollen, ich wusste nicht, dass es dich gibt.«

Mein Handy klingelt. Mein Mann hasst es, wenn ich drangehe, während wir reden, aber es ist Ferdinand, also nehme ich ab. Er tobt am anderen Ende, Virgil sei ein Mistkerl.

»Beruhige dich, Ferdinand, sonst verstehe ich nicht, was du sagst.«

»Virgil baut im Haus um, und seine Handwerker haben mich beleidigt.«

»Wie denn?«

»Ich habe ihnen gesagt, sie dürfen nicht meine Kräuter ausreißen. Sie stellen ihren Grill absichtlich dahin, wo meine Arzneipflanzen wachsen.«

»Ich rufe Virgil an.«

»Ja, und sag ihm, er soll mich ein bisschen in Ruhe lassen.«

Seit ihnen Sainte-Estelle gemeinsam gehört, bringt Virgil Ferdinand ständig an den Rand seiner Kraft, und das macht mich wahnsinnig.

Ich rufe sofort Virgil an.

»Du musst dich entscheiden zwischen Ferdinand und mir«, schreit er.

»Wovon redest du? Ich will mich nicht entscheiden, für mich benehmt ihr euch einer so idiotisch wie der andere.«

»Doch. Du musst ein Lager wählen.«

»Nein!«

»Zwischen uns tobt ein Kampf auf Leben und Tod.«

»Statt Ferdinand zum Feind zu stilisieren, solltest du ihn lieber mal besser kennenlernen, unternehmt etwas zusammen. Manche Leute fahren bis nach Indien und arbeiten in Hilfsorganisationen, weil sie den Kick brauchen, sich nützlich zu fühlen, aber du musst gar nicht so weit weg, du kannst dich einfach um deinen Bruder kümmern. Versuch's mal, du wirst sehen, das gibt dir ein Gefühl von Wichtigkeit.«

»Lass deine Dreigroschenpsychologie!«

»Wenn du jemanden aus deiner Familie fertigmachst, schneidest du dir ins eigene Fleisch. Wir hängen zusammen, du schneidest dir ins eigene Fleisch, wenn du ihm wehtust.«

»Hör auf mit deiner Schulmeisterei.«

»Rühr Ferdinand nicht an.«

19

Seit einiger Zeit hat mein Mann eine Obsession: Er will für die Küche einen Marmortisch von Knoll kaufen und die Bar rauswerfen, an der wir essen. Eigentlich war das meine Obsession. Aber da ich ihm so damit in den Ohren lag, hat er sie sich schließlich zu eigen gemacht und ihr absolute Priorität eingeräumt. Damit ich ihn in Frieden lasse, hat er nur noch einen Gedanken im Kopf: die Bar rauswerfen, obwohl er im Grunde keine besondere Lust auf Veränderung hatte. Er ist der einzige Mann, den ich kenne, der froh, ja stolz ist, sich für die Wünsche der anderen verantwortlich zu fühlen. Er hat, glaube ich, nur deshalb ein Kind bekommen, um diesen Kinderwunsch loszuwerden, von dem er tagtäglich zu hören bekam, obwohl er selbst keines wollte. Als das Baby zur Welt kam, war mein Mann schon gestorben für das Leben, das er nicht wollte. Aber da er so nett ist, hat er auf der Wochenstation den zufriedenen Papa gespielt. Klick, klick! Ich lasse mich fotografieren. Klick, klick! Ich bin ein Ungeheuer, dass ich nicht glücklich bin. Klick, klick! Ich werde Weltmeister im Schuldbewusstsein. Klick, klick! Er hat eine große Wohnung gekauft und ist ohne Rettungsring ins tödliche Familienleben gesprungen.

Nach drei Jahren hat er aufgegeben und eine zweite Wohnung gemietet, um da die halbe Woche allein zu wohnen, bis er mich kennenlernte. Er ist auch einer der seltenen Menschen, die sich überlegen fühlen, wenn sie sich über den Tisch ziehen lassen. Oder vielleicht ist dieses Gefühl bei guten Menschen ja ziemlich geläufig.

»Mir geht es um etwas anderes. Wo du meinst, dass ich mich habe über den Tisch ziehen lassen, oder wo die anderen finden, sie haben ein gutes Geschäft gemacht, da habe ich mich befreit. Ich bin schon weit weg. Was ich bereitwillig zurücklasse, ist viel weniger als das, was ich gewinne. Für mich gibt es keine ökonomische Logik. Meine Logik ist emotional und künstlerisch. Außerdem bin ich zu sensibel. Würde ich mir in den Kopf setzen, alle zu verfolgen, die mir schaden wollen, dann würde mich das schwächen, ich verliere dann viel mehr als das, was ich aus eigenem Entschluss aufgebe.«

»Ja, aber nein, ich habe auch gedacht, ich bekäme meinen Frieden, als ich meinen Anteil am Haus in Sainte-

Estelle weit unter Wert an Virgil verkauft habe und ihm gesagt habe, dass er mir die Differenz nicht auszuzahlen braucht, sie solle für die Unterhaltskosten dienen, die Ferdinand niemals würde aufbringen können, eine Art Leibrente. Nur hat sich Virgil an unsere Übereinkunft nicht gehalten und will Ferdinand ständig aus dem Haus jagen.«

Und da schleppt mich mein Mann zum Einkaufen, wo die Geschäfte jetzt vor Weihnachten auch sonntags geöffnet haben. Er sucht einen Tisch, der sofort lieferbar ist, während ich eine Geschichte für eine Zeitschrift schreiben muss, laut Auftrag soll es nach reinster angelsächsischer Tradition ein Weihnachtsmärchen sein. Ich erzähle aus der Perspektive eines siebenjährigen Mädchens die Geschichte von Georgette, einer armen Seele, die von ihren Brüdern vergewaltigt wurde und die mein Großvater väterlicherseits kurz vor seinem Tod heiratete, damit sie in den Genuss seiner Rente kam. Ich muss heute Abend fertig sein, aber ich widerspreche meinem Mann nicht, sonst sagt er mir wieder, ich wäre inkonsequent und wüsste nicht, was ich will. Ich weiß, was ich will, ich will auf das Grab meiner Mutter.

»Wenn ich vor dir sterbe, will ich nicht, dass du eine andere Frau küsst, eigentlich solltest du ein paar Kopfjäger engagieren, damit sie nach meinem Tod deinen Selbstmord ausführen. Das wäre vernünftiger.«

»Vertraust du mir nicht?«

»Doch, aber ich misstraue den Frauen. Ein taufrischer,

rosiger Witwer, den ich gut erzogen habe und in einwandfreiem Zustand hinterlasse – sie werden sich auf dich stürzen.«

»Und wenn ich vor dir sterbe?«

»Ich werde mich bemühen, eine schöne Witwe zu sein. Ich werde jeden Abend ausgehen, um meine Trauer vorzuzeigen. Ich werde unnahbar sein.«

»Vielleicht wäre das eine gute Lösung für dich, wenn ich sterbe?«

»Du hörst dich an wie meine Mutter, die hat auch immer gesagt, sie hätte es eilig, in die Grube zu kommen.«

Wir verlassen gerade ein Geschäft, als mich Ferdinand noch einmal anruft: »Marie, erinnerst du dich an Georgette?«

»Warum fragst du mich das? Du hast seit zwanzig Jahren nicht mehr von ihr geredet.«

»Ich habe Lust, Kindermärchen zu schreiben, Lucie macht die Illustrationen. Als Personen nehme ich Fische.«

»Super!«

»Und, weißt du, was aus Georgette geworden ist?«

»Sie ist tot.«

Ich habe keine Ahnung, aber ich will Ferdinands Telepathie ein Ende setzen. »Und die Geschichte von Heloisa und Abaelard, kennst du die, Ferdinand?«

»Natürlich, Mama hat sie uns tausendmal erzählt, sie wollte dich übrigens Héloïse nennen.«

»Deshalb ist das also mein zweiter Vorname?«

»Ja, klar!«

»Und warum hat sie mir nie davon erzählt?«

»Vielleicht erinnerst du dich nicht, aber das einzige Mal, als die Eltern ein Ferienhaus in der Bretagne gemietet haben, haben wir mit Mama Abaelards Kloster in Saint-Gildas-de-Rhuys besichtigt.«

»Verrückt, dass ich das vergessen habe.«

»Übrigens sieht dein Mann ja ein bisschen aus wie ein mittelalterlicher Mönch. Findest du nicht?«

Abends sind wir bei Freunden zum Essen. Unter den Gästen, die wir nicht kennen, ist ein Theaterproduzent, der ganz begeistert ist, meinen Mann kennenzulernen, liebend gerne würde er mit ihm zusammenarbeiten, erklärt er, sobald wir zur Tür herein sind.

Kaum ist die Vorspeise serviert, fordert mich die Freundin, die uns eingeladen hat, auf zu erzählen, wie ich meinen Mann kennengelernt habe. Ich lasse mich nicht lange bitten und schildere wieder einmal, wie er sich an meinen Pulli krallte, dass er sich nicht daran erinnert und dass ich ihm zum Glück meine Nummer gegeben habe. Wie immer lande ich mit meiner Geschichte einen vollen Erfolg!

Der Mann zu meiner Rechten versucht mich trotzdem mit meinem Gerede von der absoluten Treue aufzuziehen.

»Was ich mit meinem Mann erlebe, ist so schön, dass ich nicht zulassen werde, dass jemand sich zwischen uns stellt, egal, in welcher Form.«

»Manchmal muss man aber doch ein bisschen verwegen sein.«

»Die wahre Verwegenheit ist Treue.«

»Wir haben doch nur ein Leben. Sie sollten jede Gelegenheit nutzen.«

»Abenteuer sind doof, Treue erhöht das Selbstwertgefühl, und außerdem könnte Raphaël das nicht ertragen. Es würde ihn wahnsinnig machen, wenn ich meinen Mann betrüge, vor allem mit jemand anderem als ihm.«

»Und wer ist Raphaël?«

Um dieses Gespräch abzukürzen, wende ich mich meinem Mann zu, der sich großartig über Abaelard unterhält, gerade spricht er vom heiligen Bernhard, der es in seiner einfachen Mönchskutte vermocht hatte, die Herren der Welt in die Schlacht zu schicken, und so viel Einfluss hatte, dass er einen Papst hatte wählen lassen.

»Er war ein unvergleichlicher Redner, die Leute kamen zu Tausenden, um ihm zuzuhören. Er war so überzeugend, dass die Frauen Angst hatten, wenn ihre Männer zu seinen Predigten gingen, denn nicht selten waren sie hinterher so indoktriniert, dass sie ihre Familie sitzen ließen und auf Pilgerfahrt oder einen Kreuzzug gingen.«

Ich erahne das stille Kichern der faszinierten Gäste, und mein Mann spricht weiter: »Abaelard hat es geschafft, einem Mordversuch durch seine eigenen Mönche zu entkommen, erst hat er sich in einem geheimen Gelass seines bretonischen Klosters versteckt und konnte schließlich mit einem Boot fliehen.«

Aber als ich nach dem Nachtisch sehe, wie er sich ein großes Glas Wein einschenkt, obwohl das Essen schon ziemlich feuchtfröhlich war, stoße ich ihm in die Rippen. Das ruft in mir die alten Gespenster wach, meinen Vater, der zu viel trank, und meine Mutter, die sich darüber aufregte. Mein Vater verließ dann immer die Küche und legte sich aufs Sofa. Der gemeinsame Abend, den wir hätten verbringen können, war damit zu Ende. Noch im selben Augenblick reiße ich mich zusammen. Aber zu spät! Mein Mann stellt die Flasche ab und bedenkt mich mit messerscharfen Blicken.

Im Taxi auf dem Nachhauseweg kommt er dann noch einmal darauf zurück: »Du kastrierst einen geradezu.«

»Entschuldige, ich hätte nichts sagen sollen.«

»Dann trinke ich eben überhaupt nichts mehr, damit du endlich zufrieden bist.«

»Du weißt doch, dass ich ein Problem mit Alkohol habe, ich finde nicht, dass die Leute davon intelligenter werden.«

»Vielleicht werde ich wegen dir noch zum Alkoholiker.«

»Das wäre ja ganz schlau.«

»Wenn du immer so unfreundliche Bemerkungen machst ... Dabei trinke ich doch gar nicht viel.«

»Stimmt, und warum fällst du jetzt wieder in dein altes ›Alles oder nichts‹ zurück?«

»So bin ich eben.«

»Findest du etwa, es war intelligent, sieben Jahre abstinent zu bleiben?«

»Hör auf, mir meine Vergangenheit um die Ohren zu hauen. Wie soll ich sie denn vergessen, wenn du mich ständig wieder darauf ansprichst? Es war schon schwierig genug, das durchzumachen.«

»Ganz ehrlich, was wolltest du dir eigentlich damit beweisen, dass du dich so bestraft hast?«

»Weißt du, dass du die Gabe hast, die Leute in den Wahnsinn zu treiben?«

»So etwas darfst du mir nicht sagen.«

Während mein Mann das Taxi bezahlt, bekomme ich eine SMS von Ferdinand, den ich gebeten hatte, mich auf Mamas Grab zu begleiten: »Kann nicht antworten, schreibe ein Buch über Alkoholismus. Gruß.«

Ich werde nie erfahren, wie Ferdinand es fertigbringt, dermaßen in meinen Kopf zu kriechen.

20

Mit vierundzwanzig fuhr ich fast gar nicht mehr nach Barnezon. Ich hatte das Gefühl, wenn ich mich von Paris entfernte, würde ich meine Bestimmung verfehlen. Die Stimme meiner Mutter, die mich anflehte zu kommen, klingt heute noch schmerzlich in meinem Ohr nach: »Komm, und wenn es nur für zwei Tage ist, ich zahle dir den Zug, ich wäre so froh, dich zu sehen, dein Vater ist im Augenblick nicht viel zu Hause, ich habe genug vom Alleinsein.«

Sie warf mir meine Härte vor, dabei gab ich ihr jedes Mal, wenn ich von ihr wegfuhr, mindestens hundert Küsse am Stück, mit einem dicken Kloß im Hals.

Mein Leben habe ich im Entzug von ihr verbracht.

Was hat sie mit ihren Abenden gemacht? Ich stelle mir vor, wie sie den Hörer aufs Telefon legte, das auf einem Regal im Gang stand, und sich fragte, warum ich nicht kam. Vielleicht weinte sie sogar über meine Undankbarkeit. Und heute weine ich, wenn ich den Brief wieder lese, den sie mir nach einem Streit über Ferdinand geschrieben hatte. Manchmal verlor ich die Nerven, ich konnte nicht mehr ertragen, wie seine Krankheit unsere Familie zerrüttete.

Marie,
es ist schwer, Dir nach Deinem unangebrachten Anruf zu schreiben. Du bist überzeugt, zu allem und jedem voll und ganz recht zu haben, aber ich hätte gern, dass Du ein bisschen weniger pauschal urteilst und verstehst, mit welchen Schwierigkeiten jeder vielleicht kämpft.

Dass Du an Dich selbst hohe Anforderungen stellst, ist Deine größte Stärke. Lass Dir nichts durchgehen, sei brutal zu Dir, wenn Du willst, aber ich flehe Dich an, sei nachsichtiger mit den anderen. Lass Dich nicht an Deinen Eltern, Brüdern und Freunden aus! Du wärst gerne unser Universalgewissen, doch wir sind nicht unbedingt dazu bereit, Dir diese Rolle zu überlassen! Lass Deine Beziehungen zu anderen nicht immer nur über den Konflikt laufen, lass andere bei Dir ein bisschen Ruhe und Frieden finden. Wenn ich an Dich denke, habe ich das Bild eines liebevollen Mädchens vor mir, das mir am Zug nach Paris so herzlich auf Wiedersehen sagt, das mich tröstet und mir viel Freude macht.

Dass Du es Dir zur Ehrensache machst, ganz allein durchzukommen, ohne uns um etwas zu bitten, ist im Übrigen sehr löblich, aber ich möchte nicht, dass Du Dein Jahr an der Schauspielschule mit dem Kellnern aufs Spiel setzt. Diese Jobs ermüden Dich körperlich und laugen Dich geistig aus. Wenn Du Geld brauchst, weißt Du, dass wir da sind. Wir können Dir helfen, ohne dass Du Dich dadurch herabgesetzt fühlen sollst.

Als kleinen Denkanstoß schicke ich Dir ein Buch, das ich gerade gelesen habe, es geht um die Suche nach dem Wesentlichen, ich denke auch gerne nach und gehe den Dingen auf den Grund, obwohl Du das oft bezweifelst und mir gegenüber auch keinen Hehl daraus machst. Du wirst sehen, der Leitfaden für jedes Leben ist die Liebe. Liebe brauchen wir viel: ein wenig für uns selbst, und sehr viel für die anderen.

Also, sei hart zu Dir selbst und sanft mit Deinen Mitmenschen, und lass zu, dass sie weder Götter sind noch Heilige, sondern einfach nur, dass sie ein bisschen Liebe haben, diese Liebe, die überall verschrien ist, auf die wir aber nicht verzichten können. Jetzt bist Du dran mit Schreiben.
Ich küsse Dich ganz sanft, ganz fest. Mama

»Kannst du mir bitte Liebesbriefe schreiben?«

»Wozu das?«, erwidert mein Mann. »Ich sehe dich den ganzen Tag.«

»Damit wir, wenn wir alt sind, froh sind, dass wir sie wieder lesen können.«

Ich hatte nicht begriffen, dass meine Mutter nur ein einziges Leben hatte. Lieber wartete ich darauf, dass meines anfing, wenn ich in Jean Castels elitären Nachtklub ging. Ich redete mit allen, aber ich ließ noch immer nicht zu, einen Freund an meiner Seite zu haben, und noch weniger, diese nächtlichen Gefährten auch tags zu sehen. Ich liebte diesen Klub, weil es dort lustig zuging und weil ich dort wenigstens nicht an Selbstmord dachte.

»*Boule de gomme*«, erklärte mir eines Abends Jean-Denis ganz aristokratisch im Restaurant, »du bist wirklich komisch, dass du nicht mit Bernard schlafen willst. Dass du mit mir nicht willst, verstehe ich, ich bin hässlich, aber er, schau doch, er ist schön.«

Diese Truppe nannte mich *boule de gomme*, weil meine Pausbacken sie an die Blasen erinnerten, die wir früher mit unseren Kaugummis gemacht hatten.

»Ja, aber du, Jean-Denis, du magst *boule de gomme* gerne«, erwiderte Bernard mit vorgerecktem Kinn.

»Das stimmt.«

»Du könntest uns wenigstens deine Brüste zeigen.«

»Einverstanden! Für fünfhundert Francs.«

»Ich schlage vor, wir teilen.«

»Fünfhundert für jeden.«

»Das ist teuer, *boule de gomme*, was meinst du, Jean-Denis?«

»Ich bin dabei.«

»Ich auch«, fiel Marc ein, »ich habe mir ja auch sagen lassen, sie sollen sehr schön sein.«

»Okay, alles klar, wie gehen wir vor?«

»Ihr gebt mir das Geld, und ich zeige sie euch.«

»Hier? Vor den ganzen Leuten?«

»Ja, sonst wollt ihr sie ja doch nur anfassen.«

Mit dem Geld fütterte ich weiter meine Bulimie. Mein Lohn ging fürs Essen drauf, ich schlug sogar Einladungen aus, bei Freunden zu übernachten, weil ich Angst hatte, ihr Kühlschrank könnte leer sein. Ich hatte gerade die Schauspielschule aufgegeben und zwei Kellnerjobs in zwei benachbarten Restaurants auf der Ile de la Jatte angenommen. In dem einen fing ich um acht Uhr an und arbeitete bis fünfzehn Uhr, dann kam ich um fünfzehn Uhr ins Nachbarhaus und war um zwei Uhr morgens fertig.

Dabei hatte ich wirklich Lust, Schauspielerin zu werden, und trotzdem richtete ich es so ein, dass es dazu nicht kam, ließ geschickt jede Chance verstreichen, wies die Gelegenheiten von mir. Ich ging nicht zum Dreh, wenn ich kleine Rollen bekam, und weigerte mich, mit Schülern aus meiner Schauspielschule aufzutreten, wenn sie ihre ersten Schritte als Schauspieler machten. Lieber gab ich auf. Tauchte in die Bequemlichkeit der Resignation ein. Es ist angenehm, keinen Ehrgeiz zu haben, nichts zu erhoffen, nichts zu erwarten, ganz ohne

Angst, eine Art Sichverlassen auf einen sanften, langsamen Tod, der einen ganz sicher erlösen wird. Ich habe nie gewagt, mich voll und ganz für etwas einzusetzen, vielleicht aus Angst vor dem Scheitern. Um mich herum hatte ich nur Beispiele von Leuten gesehen, denen ihr künstlerischer Ehrgeiz Unglück eingebracht hatte, Enttäuschungen, angefangen mit meinem Vater, der ein großer Maler hätte werden sollen, meiner Mutter, die daran litt, dass er es nicht geworden war, und Ferdinand, der nunmehr beschlossen hatte, Filme zu machen. Tag und Nacht schrieb er Dutzende Drehbücher. Es war immer dieselbe Geschichte, ein armer Typ, der ein reiches Mädchen trifft. Sie lädt ihn ein, lässt ihn bei sich duschen, und weil sie ihn plötzlich schrecklich schön findet, küsst sie ihn und kauft ihm haufenweise Filme, damit er der König der Fotografie wird.

Vielleicht schätze ich meine Chancen oder Gelegenheiten der Vergangenheit im Nachhinein falsch ein. Es ist einfach zu sagen, wenn ich mich anders entschieden hätte, hätte ich Erfolg gehabt.

Ich werde es nie wissen.

»Glaubst du, ich könnte noch Schauspielerin werden?«

»Nein.«

»Ganz ehrlich?«

»Du kannst in Filmen mitspielen«, erklärt mein Mann, »aber keine Karriere mehr machen.«

»Schade, dass ich zu alt bin, um im Theater die Heloisa zu spielen!«

21

Im Castel begegnete ich Raphaël. Ich weiß nicht, ob es seine Augen waren, sie gingen ihm hinter seiner Brille über, als ein Freund ihn mir vorstellte, indem er blöde mein Kostüm aufriss, um ihm meinen Busen zu zeigen, oder ob ich mich davon verführen ließ, dass er wirklich nett aussah, jedenfalls war ich augenblicklich in ihn verliebt. Ich war sechsundzwanzig, hatte alle möglichen Jobs hinter mir, Kassiererin in einem Restaurant, Garderobenfrau in einem Nachtklub, Betreuerin beim Kundenservice von Cartier, Warenvorführerin in einem Kaufhaus, Handtaschenvertreterin, und per Zufall war ich soeben in der Kommunikationsbranche gelandet.

Als ich gerade meine Kündigung als Vertriebsvertreterin eingereicht hatte, hatte ich einem Freund versprochen, ihm eine riesige lila Reisetasche zu schenken. Als ich sie ihm ins Büro brachte, hielt mich eine Frau am Ärmel fest: »Das ist ja eine klasse Tasche, so eine will ich auch!«

Zwei Stunden später standen wir immer noch in der Eingangshalle und plauderten.

»Ich suche eine Assistentin, wäre das was für Sie?«

»Ja!«

»Können Sie mit dem Computer umgehen?«

»Natürlich!«

Ich hatte keine Ahnung von Computern.

»Und beherrschen Sie auch Excel?«

»Ja! Ja!«

Ich wusste nicht einmal, wovon sie redete.

Als ich mich am nächsten Morgen in eine Ecke setzen und ein mir völlig fremdes Programm starten sollte, um ein Adressverzeichnis zu aktualisieren, war mir schnell klar, dass man, um voranzukommen, delegieren musste. Da machte ich eine alte Dame ausfindig, die der Chef aus Mitleid angestellt hatte, weil sie die Exgeliebte eines Freundes von ihm war, und ich schlug ihr einen Deal vor: Ich verfasste die Akten, die sie nicht zuwege brachte, und sie füllte mir dafür auf dem Computer die Adressen aus. Da ich unterbezahlt war und es nicht fertigbrachte, diesen ganzen wichtigtuerischen PR-Tussis zu gehorchen, die meinten, mich ständig zurechtweisen zu müssen, unter dem Vorwand, mir einen Beruf beibringen zu wollen, den ich im Handumdrehen durchschaut hatte, machte ich mich selbstständig.

Mein erster Job war auf einem Festival, wo ein berühmter Schriftsteller auf mich zukam: »Seit drei Tagen schaue ich nur Sie und Ihr rosa Kostüm an. Sie sehen aus wie ein Bonbon.«

Ich trug ein bezauberndes Kostüm aus rosa Kaschmir, die Jacke war kurz und figurbetont, der Rock reichte gerade über den Po. Ich war nicht zu übersehen.

»In meinem Alter täuscht man sich nicht mehr. Ich möchte Sie heiraten und mit Ihnen arbeiten.«

»Heiraten? Niemals. Erstens liebe ich einen Mann, und zweitens möchte ich das Pferd gewinnen, das mir mein großer Bruder schuldet, wenn ich bis dreißig ledig bleibe.«

Ich wurde seine Agentin. Er gab mir zehn Prozent der Gewinne, die ich ihm einbrachte. Wenn ich einen Vertrag aushandelte, berechnete ich sein Honorar nicht nach seinem Arbeitsaufwand, sondern nach der Summe, die meine zehn Prozent ausmachten. Damit verschaffte ich ihm ganz gute Einnahmen.

Von da an hatte ich alle möglichen Aufträge, bei denen ich immer wieder auf künftige Kunden traf, denen ich erklärte, meine Spezialität sei es, auf nichts spezialisiert zu sein. Der Vorteil der ständigen kurzfristigen Planung: Ich hatte keine Angst vor der Zukunft. Wenn ich nur wusste, dass ich für die nächsten drei Monate Arbeit hatte, ging ich volle Kraft voraus. Aber ich weigerte mich, mich anstellen zu lassen oder ein Unternehmen zu gründen. Freiheit, nur Freiheit!

Als ich an dem Abend, an dem ich Raphaël kennengelernt hatte – er gefiel mir so, dass ich zitterte –, das Castel verließ, setzte er mich mit dem Auto zu Hause ab und schlug mir vor, mich anzurufen, wenn er wieder einmal unseren gemeinsamen Freundeskreis zum Essen einlud.

»Ich würde lieber nur zu zweit mit dir essen«, erwiderte ich.

Zehn Tage später hatte er mich immer noch nicht angerufen.

»Na, was ist?«

»Ich habe deine Nummer falsch aufgeschrieben.«

»Du hättest bei meiner Concierge eine Nachricht abgeben können (mitsamt einem Blumenstrauß!).«

»Bin ich nicht drauf gekommen.«

»Okay, wann sehen wir uns? Morgen?«

»Kann nicht, da ist Fußball.«

Mein Vater las, hatte Gäste, redete, lachte, trank, diskutierte, zankte, regte sich auf, war nie einverstanden, aber er glotzte keine Sportschau!

Später ließ ich Raphaël nie wieder ein Spiel sehen. Also wirklich!

Meine Eltern nahmen ihn auf wie einen Sohn, und Raphaël liebte sie. Wir trafen uns dauernd. In Barnezon führten wir sie zum Krebsessen in ein Restaurant ganz hinten in einem Tal aus, wo wir ein bisschen Traulichkeit fanden. Und als Raphaël mich kurz vor meinem Dreißigsten mit meiner Weiblichkeit versöhnte, trug ich endlich eine Zahnspange. Ich hatte meinen Vater auch gebeten, mich zum Geburtstag zu porträtieren. Ich dachte, ich könnte ihn so wieder zum Malen bringen. Aber nein! Er hat das Bild nie fertiggestellt und auch kein zweites angefangen.

Ich wollte keine Kinder und wurde eine versessene Konsumentin. Raphaël, der siebzehn Jahre älter war als ich, schenkte mir schöne Kleider und Schmuck, ich dachte, das wäre genug. Ich gefiel mir in der Vergnügungsgesellschaft. Ich musste mich um jeden Preis zerstreuen. Ich machte es mir zur Aufgabe, ja zur Pflicht, in die angesagten Bars zu gehen, auf die In-Partys, im Winter in die Sonne zu fahren, die drei Sommermonate in den Urlaub. Meistens war ich mit Älteren zusammen, deren Hauptbeschäftigung darin bestand, essen zu gehen und sich über die Servicequalität in Marokko auszulassen, über die Zimmer im letzten Hotel auf Mauritius oder über die göttlichen Massagen in einem neuen Spa.

»Was habe ich damals nur für Zeit verplempert! Aber ich konnte eben nichts anderes damit anfangen.«

»Und was hast du immer so gemacht?«, fragt mich mein Mann.

»Wenn ich keine Arbeit hatte und einmal allein war, war ich sofort panisch. Dann bin ich durch die Kaufhäuser geirrt. Heute kann ich da nicht mehr hin, da wird mir schlecht.«

»Hattest du keine Lust, etwas zu lernen?«

»Ich konnte meine Gedanken an nichts festmachen. Ich war nur effizient, wenn ein Problem auf der Stelle gelöst werden musste.«

»Hm.«

»Die Einsamkeit war ein Albtraum für mich, aber unter Leuten zu sein noch mehr. Ich habe es nie lange bei ihnen ausgehalten. Dann bin ich immer schnell nach Hause.«

»Und dann?«

»Dann habe ich geweint. Ich glaube, ich hätte immer weinen mögen.«

»Warum denn?«

»Ich hätte mir so gewünscht, dass meine Eltern ein besseres Leben haben. Sie haben sich geliebt, aber sie hätten niemals vier Kinder kriegen sollen, das hat sie völlig ausgelaugt.«

Ich war auch viel auf Reisen, aber von der Welt sah ich nichts. Ich verließ nicht gerne mein privilegiertes Umfeld. Was hätte ich schon entdecken können? Menschen, die leiden, Gewalttäter, Idioten, Banausen, Leute, die sich gegenseitig wehtun, die sich am Leben hindern, die sich gegenseitig Schmerz zufügen?

»Wer keinen Zugang zum Vergnügen hat, hat dafür immer Zugang zum Leid. Und auf diesem Kanal können sie dann kommunizieren«, antwortet mein Mann.

»Vielleicht ist das Leid eine bessere Vorbereitung auf den Tod als das Vergnügen.«

Die Zerstreuung hinterlässt keine Spur, nur einen frustrierten Nachgeschmack und bestenfalls eine vage Erinnerung an etwas Angenehmes. Aber ich fühlte mich nicht in der Lage, etwas anderes zustande zu bringen. Also nutzte ich es aus. Und wenn mich die Langeweile überkam, kaufte ich mir ein hübsches Kleid.

In dieser belanglosen Welt war Ferdinand mein Schmerz.

22

Zwischen zwei Klinikaufenthalten wohnte Ferdinand bei den Eltern. Wenn er gerade keinen Schub hatte, war er wieder der intelligente, gebildete Junge mit einem scharfsinnigen Blick auf die Gesellschaft und die Menschen. Ich stellte ihn als Fotograf für die Partys an, die ich organisierte. Seine Fotos fanden immer großen Anklang. Manche kamen sogar in die Zeitung, oder meine Kunden verwendeten sie für ihre interne Kommunikation. Meine Eltern kauften ihm dann eine neue Jacke oder neue Schuhe und setzten ihn stolz in den Zug nach Paris. Hoffnung keimte auf. Ferdinand erklärte uns, seine Wahnvorstellungen bereiteten ihm unerträgliche Kopfschmerzen und ließen ihn in einer ausweglosen Paranoia versinken. Zu dieser Zeit war er sich seiner Krankheit bewusst und wollte alle möglichen amtlichen Papiere unterschreiben, damit wir ihn leichter einweisen konnten, wenn er wieder krank wurde, um so den Schaden zu begrenzen, den jeder seiner langen Klinikaufenthalte an seiner Gesundheit anrichtete.

Dann kam der Tag, an dem Ferdinand, aus einem Grund, den wir nicht nachvollziehen konnten, erklärte, er brauche seine Medikamente nicht mehr. Und die Hölle begann von Neuem. Sein Wahn kehrte ziemlich schnell wieder, und wir mussten uns komplizierte Szenarien einfallen lassen, um ihn wieder in Behandlung zu bekommen.

Wenn Ferdinand in der Klinik war, wagten Virgil und André es nie, ihn zu besuchen, weil sie befürchteten, die Ärzte würden sie für verrückt befinden und gleich mit einsperren; ich dagegen besuchte ihn regelmäßig und besprach mit seinen Ärzten, welche Fortschrittschancen für ihn bestanden. Sein Wahn machte mir keine Angst, vielmehr bewahrte er mich davor, durchzudrehen. Dass ich mich dafür einsetzte, ihn zu schützen und zu verstehen, erhöhte mich. Wenn ich von Ferdinand sprach, war ich sicher, dass man mir zuhörte, egal in welchem sozialen Kontext ich mich gerade befand.

Und dann kam der nächste Abrutsch, diesmal war es André. Er hatte zwei Jahre vorher ein Mädchen geheiratet, das nach einem Blick auf seinen Lohnzettel postwendend schwanger geworden war. Als sie zum ersten Mal in Barnezon war, hatte sie meine Mutter mit der Bemerkung geschockt, sie müsse doch stolz sein, dass ihr Sohn so gut verdiene. Ihr Ehrgeiz bestand darin, sich in der Sonne zu rekeln, und so hatte sie André bekniet, nach Sainte-Estelle zu ziehen.

Um sie glücklich zu machen, hatte er seine Stelle gekündigt, die es doch gerade möglich gemacht hatte, dass sie morgens nicht aufstehen musste. Jetzt musste er in einer Region, in der er niemand kannte, wieder bei null anfangen, hatte mehrmals Pech und kam furchtbar ins Straucheln. Als Andrés Frau begriff, dass er es nicht mehr zu dem finanziellen Wohlstand bringen würde, den sie in Paris genossen hatten, verließ sie ihn und nahm einen Mann, der besser dastand.

In seiner Verzweiflung, dass er alles versiebt hatte, brach André zusammen, war unglücklich wie ein Hund nach einer grundlosen Bestrafung. Unfähig, seinen Kummer zu bewältigen, begann er zu trinken, sodass er bald nicht mehr arbeiten konnte. Meine Mutter und ich waren zu diesem Zeitpunkt gerade in Sainte-Estelle und versuchten, Ferdinand in die Klinik zu bringen, der einen Schub von Wahnvorstellungen hatte und sich wieder für den gelehrten Pandéris hielt.

Wir waren in Sorge, weil wir keine Nachricht von André hatten, und so standen wir eines Morgens in seiner Wohnung und fanden ihn am Boden kauernd, weinend, zitternd, unfähig, ein Wort zu sagen. Wie ein Baby wickelten wir ihn in eine Decke und brachten ihn nach Hause zu Ferdinand, der gerade herumbrüllte, dass, wenn er erst das Patent erfunden hätte, das die Biologie von Grund auf revolutionierte, die ganze Welt ihn zu lieben beginnen würde, aber dann wäre es zu spät, niemals würde er den Schweinen verzeihen, die seine Zukunft zerschlagen hatten!

Als selbstständig Arbeitende konnte ich es mir erlauben, drei Wochen bei meiner Mutter zu bleiben und zu versuchen, unsere beiden verlorenen Schäfchen wieder ins Gleichgewicht zu bringen. Es galt, aufmerksam André zuzuhören, der wieder und wieder von seinem Verdruss erzählte, und ihn zu überwachen, damit er nicht alle alkoholischen Getränke, die er ausfindig machte, leer trank, und gleichzeitig mussten wir Ferdinand in den Griff bekommen, der jede Nacht bei jaulendem Fernseher in seinem Zimmer aufmarschierte – zur Langeweile hatten wir jedenfalls keine Zeit, zum Shopping auch nicht, und noch weniger dazu, über die politischen Probleme und die sozialen Spannungen in der Welt nachzudenken, die sich weiterdrehte. André und Ferdinand absorbierten all unsere Energie und unsere Wünsche.

Irgendwann schaffte es meine Mutter mit pausenlosem gutem Zureden, Ferdinand dazu zu bringen, dass er in den Sanitätswagen stieg, der zum x-ten Mal vorfuhr, um ihn abzuholen. Vielleicht war er tief drinnen am Ende und hatte nicht mehr die Kraft zu kämpfen?

Eine Erleichterung war es nie, wenn er abfuhr oder wenn wir uns vorstellten, welchen Behandlungen er jetzt unterzogen wurde. Seine Verunsicherung machte uns fertig, für die nächsten Monate waren wir am Boden zerstört.

Sobald Ferdinand sich entschieden hatte, uns zu verlassen, obwohl er ein paar Minuten vorher noch gewütet hatte wie ein Orkan, zerschmolz er regelrecht und blickte uns mit den hilflosen Augen eines verlassenen Kindes an, als wären wir die beiden Einzigen, die ihm helfen könnten, was in uns wiederum Schuldgefühle auslöste, die nur schwer wegzuschieben waren. Ich zwang mich, ihn nicht in den Arm zu nehmen und zu heulen, er solle wieder werden wie früher. Als hätten meine Schreie ihn aus diesem Albtraum wecken können.

Aber das blieb nicht der einzige Notfall an diesem Tag: Andrés Zustand verschlechterte sich. Nachdem wir uns lange dagegen gesträubt hatten, hatten wir beschlossen, ihn zur Schlafkur zu schicken. Fünf Tage später brachten wir ihn zum Zug, damit mein Vater, den wir vom Ernst der Lage erst hatten überzeugen müssen, ihn abholte und umgehend in eine Klinik in Barnezon brachte, die über sein baldiges Eintreffen Bescheid wusste. Anders als Ferdinand, gegen den wir immer kämpfen mussten, hatte sich André in unsere Obhut begeben, ohne aufzumucken oder zu revoltieren.

Als meine Mutter und ich Andrés Sachen nach Barnezon verladen und seinen Mietvertrag aufgelöst hatten, versuchten wir, den beginnenden Frühling und den Strand zu genießen, aber unsere geliebten Badestunden konnten uns, obwohl wir uns den ganzen Winter darauf gefreut hatten, keinen klaren Kopf verschaffen, so pausenlos grübelten wir, warum in unserer sechsköpfigen Familie zwei Mitglieder derart zerbrechlich waren.

André war begeistert von seinem Klinikaufenthalt und zog erleichtert wieder in sein Jugendzimmer, wo er wie besessen seine Johnny-Hallyday-Platten ausgrub. Sein guter alter, grenzenloser Optimismus! Wegen der Medikamente, erzählte er uns, waren manche Mädchen ganz ausgeflippt und krochen nachts auf der Suche nach Zuwendung in sein Bett, weil sie meinten, er wäre ein Märchenprinz, der sie aus dem sexuellen Elend erretten könnte, in das sie gestürzt waren. Aus Mitleid hatte er gar nicht erst versucht, ihnen zu widersprechen.

Manche hatten sich sogar angewöhnt, ihren Freigangstag bei uns zu verbringen, und meine Eltern nahmen sie auch noch auf, als André sich schon gar nicht mehr an sie erinnerte. Im Spätsommer kam Ferdinand nach Barnezon zurück, und Virgil, der gerade keine Kundschaft fand, vervollständigte dieses Geschwistertrio – schließlich wollte er zeigen, wer hier der Älteste war und wem aller Aufmerksamkeit am meisten zustand.

Seit meiner Kindheit hatte sich nichts verändert. Meine Mutter musste wieder meinen drei Brüdern die hungrigen Mäuler stopfen. Mit Sicherheit war und blieb sie die Frau ihres Lebens. Nach dem Essen zankten sie, wer mit Abdecken dran war. Dann ging meine Mutter in ihr Zimmer, um sich hinzulegen, und sagte, sie hätte es eilig, in die Grube zu kommen, dann würden wir sie ja vielleicht doch vermissen.

Im Jahr darauf waren meine Eltern völlig erschöpft davon, dass sie sich ständig um ihre immerhin erwachsenen Kinder kümmern mussten, und fuhren zur Erholung zu den Salzburger Festspielen. Also war André allein mit Ferdinand, der wieder einen Schub hatte. Diesmal beweinte er den Tod seines Vaters, Georges Brassens.

Um sechs Uhr morgens klingelten die Sanitäter an der Haustür. André neigte immer noch dazu, die unzähligen Möglichkeiten zu nutzen, seinen Kummer im Alkohol zu ertränken, und so war er erst nach einer gewissen Zeit aufgewacht. Irgendwann hatte er dann doch geöffnet, im zerknitterten Schlafanzug mit blinzelnden Augen und verstrubbelten Haaren.

»Sind Sie Ferdinand Charpentier?«, fragten ihn die Sanitäter. »Wir kommen, um Sie in die psychiatrische Klinik Saint-Jean zu bringen. Hier sind die beiden Atteste mit der Einweisung, wir haben sie von Ihrer Mutter. Bitte kommen Sie mit.«

Nachdem André an die hundertmal geniest hatte wie jeden Morgen seit seiner Scheidung, kein Wort sagen konnte und sich erst einmal schnäuzte, stand plötzlich Ferdinand hinter ihm, großartig sah er aus, ganz weiß gekleidet.

»Ah, da sind Sie ja, na endlich. Nehmen Sie ihn mit, er ist ganz schlecht drauf«, erklärte er hochtrabend.

»Sehr schön, Monsieur, können Sie uns die Einweisung unterschreiben?«, bat ihn ein Sanitäter.

»Ja, natürlich, ich bin sein älterer Bruder. Tja, ich bin das leider gewohnt, wir müssen ihn jetzt mindestens zum siebten Mal einweisen. Aber überwachen Sie ihn gut, damit er diesmal nicht ausbricht. Er ist ein richtiges Schlitzohr«, fügte Ferdinand mit fester Stimme hinzu.

»Aber das bin doch nicht ich«, heulte André, »ich bin nicht verrückt, ich bin geschieden. Hatschi!«

»Ja, ja, Monsieur, Sie sind nicht verrückt, Sie brauchen nur ein bisschen Erholung. Deswegen nehmen wir Sie jetzt mit.« Der Sanitäter zog ihn Richtung Auto.

»Hören Sie nicht auf ihn«, ergänzte Ferdinand großspurig, »er ist überzeugt, er wäre ein Künstler wie sein Vater. Und Milliardär obendrein! Sie wissen ja, wie das ist, Identifizierung mit dem Vater, ein nicht überwundener Ödipuskomplex, überdimensioniertes Ego, und das kommt dann dabei raus! Er hält sich für ein Genie. Los dann! Auf Wiedersehen, meine Herren! Und danke!«

Je mehr André sich auf der Fahrt zu rechtfertigen versuchte, er sei nicht verrückt, der Verrückte sei sein Bruder, desto lauter seufzten die Sanitäter und verdrehten die Augen. Erst in der Klinik deckte die Oberschwester, die Ferdinand seit Langem kannte, den Irrtum auf.

23

Kaum erwacht, erzähle ich meinem Mann meinen Traum:

»Ich war in einem weißen Zimmer und hatte einen weißen Morgenmantel an. Durch das Fenster habe ich eine riesige Woge gesehen, wie eine Flutwelle. Sie kam nicht auf mich zu, ich habe sie seitlich aufbranden sehen. Plötzlich war da meine Mutter, oben auf dem Kamm ist sie geschwommen, kurz bevor die Welle brach. Sie hat mich ganz fest angeschaut. In die Augen. Ich konnte nicht herausfinden, ob sie mich vor einer Gefahr warnen wollte oder aber ob sie mich um Hilfe bat.«

Noch ganz unter dem quälenden Eindruck dieses Bildes rufe ich meine Freundin Valérie an und erzähle ihr meinen Traum. Mein Mann und ich sehen nicht fern, hören kein Radio und lesen keine Zeitung, deshalb berichtet mir Valérie, dass in der Nacht ein Tsunami den nördlichen Teil Indonesiens verwüstet hat.

»Es wird Zeit, dass du deine Mutter zu den Toten entlässt. Die Lebenden zu den Lebenden, die Toten zu den Toten!«

»Und wie entlasse ich meine Mutter?«

»Du sagst es ihr.«

»Nein, mir ist lieber, sie bleibt bei mir.«

Mein Mann meint, meine Mutter habe diese Flutwelle bestimmt von Weitem gesehen, und da sie so gerne auf den Wellen reite, habe sie die Gelegenheit genutzt.

Vielleicht wollte sie mir nur zu verstehen geben, dass ich mich nicht mehr um sie sorgen soll.

»In neun Tagen ist Weihnachten, und ich habe noch keinen, der mit mir nach Vieuville fahren will.«

»Fahr allein«, erwidert mein Mann.

»Stört es dich, wenn ich Raphaël frage, ob er mitkommt?«

»Warum gerade er?«

»Raphaël ist gut zum Reden, er hört mir nur halb zu.«

Raphaël hat meine Eltern geliebt, und nach ihrem Tod sind wir regelmäßig zu ihren Gräbern gefahren. Eines Sonntags aßen wir danach in ihrem Lieblingsrestaurant Krebse, und der Wirt kam zu uns und ließ traurig ein paar Erinnerungen an sie aufleben. Als wir wieder im Auto saßen, hatte Raphaël sich weinend an mich geworfen und geschluchzt, wenn er nur könnte, würde er das Leben seines Vaters geben, damit meine Eltern wieder lebendig würden.

Obwohl Raphaël und mein Mann sich so gern mögen, dass ich Raphaël manchmal sogar »unseren Ex« nenne, ist es vielleicht doch keine so gute Idee, ihn zu bitten, mit mir zu fahren. Am einfachsten wäre es, ein Auto zu mieten, dann könnte ich auch meinen Vater besuchen, hundert Kilometer von meiner Mutter entfernt. Auf seinem Grab wächst eine Tanne. Und Schnecken. Als ich das letzte Mal in Lamprois war, habe ich einen Zweig von seiner Tanne abgeschnitten, um ihn in der Plastiktüte mit dem Zypressenzweig meiner Mutter aufzuheben. Um sie wieder zusammenzubringen. Mama und ich hatten keine Probleme, ihm einen Baum zu pflanzen, mein Vater liegt auf einem Bergfriedhof, wo niemand je etwas sagt.

Mit achtundsechzig war mein Vater so darüber besorgt, dass Ferdinand nichts verdiente und André immer noch zu Hause wohnte, dass er eine letzte Unternehmung startete, um ihnen Sicherheit zu bieten. Er nahm eine Hypothek auf das Haus auf, um einen happigen Kredit abzusichern, mit dem er ein weltweit gültiges Patent für zerlegbare ökologische Möbel einreichte. Ein Fabrikant brachte sie auf den Markt, zahlte aber meinen Vater nie aus, sodass der ihn verklagte. Um meine Eltern beim Abstottern ihrer Raten zu unterstützen, verkaufte ich meine Pariser Zweizimmerwohnung, aber das reichte nicht. Eines Samstagabends im Dezember, als mein Vater mit meiner Mutter und André im Wohnzimmer scherzte, brach er bewusstlos zusammen, Schlaganfall.

Ich verbrachte meine Tage im Krankenhaus und versuchte, Kontakt zu ihm aufzunehmen, ich sang ihm *Non, je ne regrette rien* von Edith Piaf vor, eines seiner Lieblingslieder. Plötzlich begann er tief in der Kehle die Melodie mitzusummen. Verrückt vor Freude, ihn aus dem Koma geholt zu haben, rief ich den Neurologen, der mir erklärte, es handele sich lediglich um einen emotionalen Reflex.

Eines Tages fand ich Emmanuelle, die Ärztefreundin meiner Eltern (die mich zu meiner Magenspülung gebracht hatte), auf meinem Vater liegend vor, er war immer noch bewusstlos, sie bedeckte ihn mit Küssen und sagte ihm, wie sie ihn liebte, und Martine (die Bäckerin, bei der ich mit zwölf gearbeitet hatte) liebe ihn auch. Als sie mich sah, stürzte sie sich auf mich und schrie mich an, ich würde ihn umbringen, wenn ich ihm die Besuche seiner Freundinnen verbot.

Nach zwei Wochen wachte mein Vater auf. Gelähmt. Unfähig zu sprechen. Mit ganz verzogenem Gesicht. Mit seinen Plänen war es aus. Er kam zur Reha in eine Klinik auf dem Land, wo meine Mutter ihn Tag für Tag besuchte. Sie fuhr ihn im Rollstuhl im Park umher, setzte sich unter einem Baum auf eine Bank und fütterte ihn mit Sachen, die sie ihm mitgebracht hatte.

Zu Weihnachten stellten sie uns meinen Vater ins Wohnzimmer, im Rollstuhl. Er, der schön gewesen war, lustig, umringt von Freunden, die manchmal jünger waren als ich, er war plötzlich ein stummer Greis, dessen Blick uns verriet, dass er nie mehr der werden würde, der er einmal war. Als die Sanitäter ihn gegen Abend wieder abholen kamen, brach meine Mutter zusammen.

Ich zeige meinem Mann ein Foto von meinen Eltern, das ein Pfleger bei der Silvesterfeier in der Klinik gemacht hat. Ein alter Mann mit stumpfem Blick, eine goldene Girlande um den Hals, sitzt neben meinem Vater und meiner Mutter, die für mich aussehen wie hundert. Ich kann dieses Foto nicht ansehen, ohne zu weinen.

Statt bei ihnen war ich mit Raphaël in Florida auf einem Strand in der Sonne.

Als mein Vater ein halbes Jahr später wieder nach Hause kam, kam meine Mutter auf den Gedanken, ihm eine Staffelei, Farbe und Leinwände zu kaufen. Sofort begann er zu malen, mit links (der gesunden Hand), rote Tannen, blaue Fabriken, gelbe Motoren. Ich werde nie wissen, ob seine Inspiration seinen Erinnerungen entstammte oder seinen Gefühlen als Mann hinter Mauern, der nur noch unverständliches Gestammel von sich gab, das meine Mutter wahnsinnig machte. Wenn er »a a« brummte, war sie überzeugt, er würde sie »Mama« nennen.

Mein ganzes Leben lang hatte ich auf meinen Vater eingeredet, er solle wieder anfangen zu malen, weil ich fand, mit seinem Talent müsse man unbedingt ein Werk erschaffen. Schließlich musste er wieder anfangen, als es aus war. Zu spät.

Wenn Raphaël und ich nach Barnezon fuhren, um zu versuchen, das Leben meiner Eltern ein bisschen aufzuheitern, kam ich mit lauter Geschenken. Ferdinand oder André holten uns am Bahnhof ab, manchmal war meine Mutter dabei, ganz ungeduldig, mich zu sehen. Ich sehe immer noch vor mir, wie ihr müdes Gesicht mich zwischen den aussteigenden Fahrgästen suchte. Das Haus war nicht mehr voller Leute wie früher. Nur zwei Kindheitsfreunde besuchten meinen Vater weiter. Meine Mutter kochte mir mein Lieblingsessen, Spinat mit weißer Soße. Der Labrador, den sie gekauft hatte, um meinem Vater zu helfen, war ausgewachsen. Sein Lieblingsspiel bestand darin, meinem Vater die Pfoten auf den Schoß zu legen und seinen Rollstuhl in rasendem Tempo durch den Flur zu schieben. Mein Vater heulte. Meine Mutter schrie. André und Ferdinand lachten.

Sonntags führten wir meine Eltern zum Essen ins Restaurant aus. Raphaël brachte meinen Vater sicher vom Rollstuhl auf den Autositz. Er fuhr vorsichtig und redete viel. Meine Eltern hörten ihm zu. Das war erholsam, ja fröhlich.

Eines Tages war ich einem Jungen begegnet, mit dem ich in der Grundschule war. Das brachte mich auf die Idee, begreifen zu wollen, warum ich so an meiner Kindheit vorbeigelebt hatte, meine Jugend, und woher die Agressionen gegen meinen Vater gekommen war, dem ich doch jetzt derart ergeben war. Ihn mit seiner Behinderung zu erleben hatte mich geläutert, jedenfalls beinahe.

Ich hatte meine Mutter für eine Woche auf Saint-Martin eingeladen. Ich war noch nie mit ihr allein im Urlaub gewesen. Ich hatte alles so organisiert, dass es perfekt war, ein Hotel am Strand, Maisonette mit Terrasse aufs Meer und lange Badeausflüge in immer neue Buchten. Ich hatte ihr verboten, ihre Kreditkarte mitzunehmen, und wollte ihr alles schenken, sie glücklich machen. Aber ich schaffte es nicht. Sie dachte unaufhörlich an meinen Vater. Ich verbot ihr, ihn anzurufen.

»Nach allem, was er dir angetan hat, denkst du immer noch an ihn?«

»Das hat damit nichts zu tun. Er muss sich Sorgen machen, nichts von mir zu hören. Ich habe ihm gesagt, dass ich mit dir wegfahre, aber ich weiß nicht, ob er mich verstanden hat.«

»Er kann ruhig ein paar Tage auf einen Anruf warten, du hast schließlich auch jahrelang auf ihn gewartet, bis er um vier Uhr morgens heimkam.«

»Das war früher.«

»Dann hast du also vergessen, wie oft er dich zum Weinen gebracht hat?«

»Ja, ich habe ihn immer geliebt, weißt du.«

»Ich weiß nicht, wie du ihm verzeihen konntest.«

»Dein Vater ist der intelligenteste Mann, den ich kenne. Er war sensibel und lustig, mit ihm war mir nie langweilig. Das ist selten, glaube ich. Es gibt so viele Paare, die sich anöden.«

»Ruf ihn nicht an.«

»Das kannst du nicht von mir verlangen.«

»Doch. Ich will, dass wir uns nur um uns beide kümmern. Genug mit den Männern.«

Ich war wieder so wütend wie mit sieben. Ich kannte kein Erbarmen, kein Mitleid. Hier trat mein Vater von früher gegen mein Ich von heute an. Jetzt, da ich einmal meine Mutter für mich hatte, wollte ich sie nicht wieder hergeben.

Viel später gestand sie mir, dass sie ihn mehrmals heimlich angerufen hatte. Ich machte mir Vorwürfe, dass ich so bescheuert gewesen war. Ich habe nie wieder mit ihr darüber geredet. Und sie auch nicht.

Seit zwei Jahren war mein Vater inzwischen krank. Der Prozess gegen den Fabrikanten, der ihn in den Ruin getrieben hatte, kam nicht voran, und so stand meine Mutter ohne Geld da und musste das Haus in Barnezon verkaufen. Damit sie nicht allein zum Notartermin musste, bot ich ihr an, sie zu begleiten und dann mit ihr und meinem Vater essen zu gehen. Ich fand die Situation, unser Heim zu verlieren, so traurig, dass gar nichts anderes infrage kam, als da zu sein, um sie zu unterstützen. Am Abend davor sagte sie mir, ich solle zu Hause bleiben, Virgil hatte kundgetan, er werde eigens von Sainte-Estelle kommen, um sie zu diesem Termin zu begleiten.

»Wenn dein Bruder schon einmal anbietet, nett zu sein!«

»Ich traue ihm nicht.«

»Marie, lass ihm seine Chance.«

»Das gefällt mir nicht.«

Und wirklich, gleich nach dem Notartermin rief meine Mutter mich an und schluchzte: »Virgil, dein Bruder, dein Bruder …«

»Was denn, was ist los?«

»Weißt du, womit er mir gekommen ist?«

»Sag's mir, Mama.«

»Ich dachte, er wollte mich begleiten, um mich zu stützen, aber nein, er hat einen Schuldschein rausgeholt, damit er diese Summe vom Verkaufspreis des Hauses ausbezahlt bekommt, als ob ich es ihm nicht zurückzahlen würde. Nie in meinem Leben bin ich so gedemütigt worden.«

»Wie bitte?«

»Letzten Monat hat er mich gezwungen, ihm ein Papier zu unterschreiben, als er mir dreißigtausend Francs für die Steuern geliehen hat.«

»Warum hast du sie dir nicht von mir geben lassen?«

»Du leihst mir eh schon so viel Geld.«

»Na und? So ein Arschloch!«

»Ich weiß nicht, wie ich so ein Ungeheuer habe zur Welt bringen können.«

Man ist so hilflos, wenn die siebenundsechzigjährige Mutter über eines ihrer Kinder weint. Meine Eltern waren immer so großzügig. Virgil hat nie Miete gezahlt, nie die geringste Strom- oder Telefonrechnung, noch nicht einmal einen Sonntagsbraten, wenn er in Sainte-Estelle wohnte.

»Was meinst du, sollen wir eine Wohnung kaufen?«

»Wozu das?«, erwidert mein Mann.

»Damit wir ein Dach über dem Kopf haben, wenn wir alt sind.«

»Ich habe so lange zugesehen, wie meine Eltern für ihre Zukunft vorgesorgt und dabei vergessen haben, ihre Gegenwart zu leben; den Gedanken, ein Haus zu besitzen, finde ich ganz entsetzlich.«

»Dann lass uns zumindest einen Grabplatz auf einem Friedhof am Meer kaufen.«

24

Es ist so weit, mein Mann hat die Bar zerschlagen und in den Keller gebracht, damit in der Küche Platz für unseren neuen Tisch von Knoll ist, der heute Nachmittag geliefert wird. Ich sehe ihn zum ersten Mal mit Schraubenzieher und Hammer. Komisch, er hat einen gut bestückten Werkzeugkasten, in dem alles seinen Platz hat. Er ist also ein Ehemann wie alle anderen. Ich hätte es ahnen müssen, er liebt die Heimwerkerabteilung des BHV.

Ich nutze aus, dass mein Mann am Werkeln ist, und bitte ihn, das Porträt aufzuhängen, das mein Vater mir am letzten Wochenende gezeichnet hat, das ich mit ihm verbracht habe.

Meine Mutter hatte beschlossen, nach Sainte-Estelle zu ziehen, wo sie ein behindertengerechtes Zimmer mit Bad anbauen wollte. Sie musste eine Woche hin, um sich um die Bauarbeiten zu kümmern, aber sie konnte niemanden finden, der während ihrer Abwesenheit meinen Vater betreute. Die Pflegerinnen hatten Angst, ins Haus zu kommen, wenn Ferdinand da war. André und Virgil hatten sich geweigert, Krankenpfleger zu spielen, und mich traute sie sich, glaube ich, nicht zu fragen. Und selbst schlug ich es ihr auch nicht vor.

Heute schäme ich mich dafür, aber ich war gar nicht darauf gekommen. Dabei hatte ich überlegt, mir ein Zimmer in einem behindertengerechten Hotel zu nehmen, um mit ihnen die Fertigstellung des Zimmers abzuwarten. Ich hatte auch vor, sie zu mir nach Paris kommen zu lassen. Aber in dem Moment war mir nicht klar, wie die Zeit drängte. Meine Mutter war verzweifelt, dass sie nur ein Altersheim gefunden hatte, in Puisans, wo sie meinen Vater eine Woche unterbringen konnte. Für die anderen, besseren Häuser war er zu schwer behindert.

Ein paar Tage vor ihrer Abreise war ich für das Wochenende mit Raphaël nach Barnezon gekommen. Am Sonntagmorgen hatte ich meinem Vater die Haare geschnitten und ihn dann gebeten, er solle mich zeichnen.

Wir hatten uns auf der Terrasse in die Sonne gesetzt. Als er seine Skizze mit der linken Hand beendet hatte, hatte ich mich auf der Toilette eingesperrt und geweint, so perfekt war sein Strich noch immer, kaum dass er ein bisschen zitterte. Ich konnte nicht hinnehmen, dass ich nicht mehr mit meinem Vater kommunizieren konnte, wo doch seine Sensibilität noch immer so ausgeprägt war. Nach dem Essen weckte ich ihn aus seinem Mittagsschlaf. Er zerrte an seinem Hemd und wollte nicht, dass ich es ihm auszog, damit ich nicht sehen konnte, dass er ins Bett gemacht hatte. Ich sagte ihm immer wieder, dass das doch nicht schlimm sei, aber es war ihm peinlich. Ich hatte mich machtlos gefühlt.

Meine Mutter war zusammengebrochen.

»Das ist das dritte Mal diese Woche, ich kann nicht mehr.«

»Ruh dich aus, ich mach das sauber.«

»Es ist doch nicht deine Aufgabe, deinem Vater den Hintern abzuwischen.«

»Danach gehen wir spazieren. Wir gehen in den Zoo.«

Ich schob den Rollstuhl. Raphaël half mir, wenn es bergab ging. Wir fühlten uns gut. Wir lachten sogar. Den Tieren zuzuschauen ist immer lustig.

Als wir nach dem Abendessen nach Paris zurückmussten, war ich fix und fertig. Ich konnte nicht weg. Meine Mutter war draußen bei Raphaël, der im Auto auf mich wartete. Ich saß reglos neben meinem Vater, gelähmt, ich sah ihn an, ich weinte, sagte ihm, mein Platz sei hier bei ihm, aber tja, ich arbeitete eben, wie er, als ich klein war und er dauernd weg war, wir sollten eigentlich nie von den Menschen weggehen, die wir lieben. Ich küsste ihn tausendmal, auch auf die Hände. Mein Vater sah mich fest an. Er wischte mir mit dem Rücken seiner gesunden Hand die Tränen ab und liebkoste mir die Wange. Ich war besiegt, ich legte ihm meinen Kopf in den Schoß, und während er mir sachte über das Haar strich, ließ ich zum ersten Mal in meinem Leben zu, dass er mich tröstete. Ich konnte nicht mehr aufstehen. Ich war am Boden zerstört. Wir hatten uns verfehlt.

Meine Mutter holte mich. Im Auto weinte ich durch bis nach Paris, aber zugleich begriff ich nicht, warum ich es nicht geschafft hatte, meinen Vater zu verlassen.

Am nächsten Tag kaufte ich ihm drei Cordhosen, die er so mochte, und dazu die passenden Pullis und Hemden. Ich brachte sie mitsamt den Fotos vom Wochenende zur Post. Es war mir wichtig, dass er mein Paket bekam, bevor er nach Puisans fuhr.

Mein Vater war gerade zwei Tage im Altersheim, als meine Mutter mich aus Sainte-Estelle anrief und mir sagte, dass sie früher abreiste und schon morgen wieder nach Barnezon fuhr.

»Die Baustelle ist mir egal, dein Vater fehlt mir, ich habe Angst, er denkt, dass ich ihn im Stich gelassen habe, ich kann mit diesem Gedanken nicht leben, verstehst du?«

»Ja. Ich habe vorhin mit ihm telefoniert. Es ist so eine traurige Vorstellung, wie er, wenn die Schwester ruft, im Rollstuhl durch den Speiseraum kommt, mit seinem Blick voller Freude und Unverständnis.«

Am selben Abend um Mitternacht läutete das Telefon. Ich begriff sofort. Und ich schrie. Konnte nicht mehr aufhören. Ich schrie. Bis ich keine Luft mehr bekam. Papa ist tot. Mein Vater ist tot. Ich heulte. Ich schluchzte. Ich konnte nicht mehr atmen. Ich war vierunddreißig und wusste nicht, dass ich meinen Vater so liebte. Ich nahm den Hörer ab. Ich konnte kein Wort sagen. Es tat weh, bei allem, was wir uns nicht gesagt hatten. Ich konnte mir nicht vorstellen, dass alles vorbei war. Schon jetzt.

Ich stellte mir vor, wie mein Vater gestorben war, allein, ohne einen von uns an seiner Seite. Er musste es bereut haben, Kinder zu haben. Wir haben ihm nur das Leben schwer gemacht. Wegen uns hat er seine Bestimmung verfehlt. Ich rief meine Mutter an. Sie berichtete mir, dass er in den Armen des Arztes gestorben war, der versucht hatte, ihn wiederzubeleben.

Ich knotete mir ein weißes Baumwolltuch um den Hals und verbrachte die Nacht auf dem Sofa über meinen Familienfotos. Um sieben Uhr nahm ich den ersten Flug nach Sainte-Estelle, um meine Mutter mit dem Auto nach Barnezon zu fahren. Ich wollte, dass sie mir von meinem Vater erzählte, aber sie hatte keine Lust. Das waren ihre Erinnerungen. Es kam nicht infrage, sie zu teilen. Es war vorbei. »Die Dinge«, sagte sie mir, »müssen gelebt werden, wenn man sie erlebt.« Sie hasste jeden Überschwang und Leute, die ihre Gefühle zur Schau stellten und weinten, wenn es längst zu spät war.

Ich erwiderte, Papa hätte sich dazu entschlossen, in Puisans zu sterben, um es ihr zu ersparen, ihn eines Morgens tot zu Hause in seinem Bett vorzufinden, er wusste, dass es aus war, und hatte aufgehört zu kämpfen. Ich konnte ihr nicht sagen, wie schuldig ich mich fühlte und dass ich einfach gar nichts vom Leben begriffen hatte, von unserer Zerbrechlichkeit, von der Bedeutsamkeit unserer Entscheidungen, unserer Handlungen. Ich hatte den Schmerz verweigert. Jetzt bekam ich ihn mitten ins Gesicht geschleudert.

Ich wollte unbedingt allein in die Leichenhalle und meinen Vater sehen. Das war meine Zeit.

»Wir werden Ihnen Ihren Vater zeigen, aber könnten Sie vorher ein paar Formalitäten erledigen?«, fragte mich ein Angestellter, der an meiner Stelle kurz vor dem Weinen war.

»Ich möchte, dass mein Vater zu Hause ist, bei sich zu Hause.«

»Das ist nicht möglich.«

»Wie bitte?«

»Das ist gesetzlich verboten.«

»Das ist mir egal.«

»Es tut mir leid, Mademoiselle, aber um Ihre Privatsphäre zu wahren, schlage ich Ihnen vor, einen Abschiedsraum zu buchen.«

»Ich möchte meinen Vater nach Hause bringen.«

»Darf ich Ihnen die verschiedenen Sorten von Abschiedsräumen zeigen?«

»Nein, ich möchte meinen Vater sehen.«

»Er wird gerade aus dem Kühlraum geholt. Erlauben Sie mir die Nachfrage, für Ihren armen Vater, der zu früh von uns gegangen ist, wäre es am besten, das heißt, für die Besucher wäre es am bequemsten …«

»Ich möchte meinen Vater sehen.«

Ich trat in den dunklen Raum, in dem mein Vater auf einem Tisch lag. Ich fasste ihn an. Ich legte meinen Kopf an seinen Hals und begann zu weinen. Sachte. Lange blieb ich so. Dann küsste ich ihn und sagte ihm, ich würde in einer Stunde wiederkommen.

Drei Tage lang habe ich nichts anderes getan, als meinen Vater zu küssen. Meine Mutter war weniger widerspenstig gewesen und hatte einen großen Abschiedsraum genommen. Sie hatte recht. Er war sofort von Blumen überfüllt, von Kränzen, freundschaftlichen Grüßen. Sie hatte auch beschlossen, ihn in Vieuville zu begraben, wo ihr Vater lag, aber Virgil hatte ihr widersprochen, angeblich hatte Papa ihm anvertraut, dass er in

Lamprois liegen wolle, ganz in der Nähe seines Geburtsorts. Angeblich hatte er diesen kleinen Bergfriedhof so schön gefunden, neben einem Bach, und mit Kühen, die mit Blick auf die Gräber weideten.

»Davon hat mir dein Vater nie etwas gesagt.«

»Mir aber, doch! Klar, ich bin ja auch sein ältester Sohn.«

»Du bist so bescheuert«, unterbrach ich ihn gleich, »komm, Mama, ich lade dich zum Essen ein.«

»Ich werde euch nie verstehen«, entgegnete Virgil, »ihr seid arm und gebt immer noch blöde euer Geld im Restaurant aus.«

»Halt's Maul!«

Als ich tags darauf die Angebote beim Bestattungsunternehmen sah, tat es mir leid, dass wir nicht im alten Ägypten waren, dort hätte ich meinen Vater mit einem Elefantenzug beerdigen können. André wandte ein, das hätte es nur für Pharaonen gegeben.

»Papa wäre Pharao gewesen«, entgegnete ich.

Während André mir erklärte, er wolle ins Meer geworfen werden wie die Wikinger und von den Haien gefressen, wählte ich einen Sarg aus. Dann zeigte der Verkäufer mir die Beschläge.

»Die sind hässlich. Haben Sie keine einfacheren?«

»Sie kommen sehr gut an.«

»Mein Vater hat Industriedesign unterrichtet, wenn ich ihm so üppig verschnörkelte Griffe an den Sarg mache, nimmt er mir das für immer und ewig übel.«

»Mademoiselle!«

»Was denn?«

»Wir sprechen hier von Ihrem Herrn Vater.«

»Er konnte schlechten Geschmack noch schwerer ertragen als ich.«

»Und für das Kruzifix?«

»Dasselbe. Ganz einfach.«

»Hier ist meine Auswahl.«

»Wenn Papa diese Scheußlichkeiten sehen würde, würde er sich im Grab umdrehen. Lassen Sie's bleiben, ich werde unseren Schreiner bitten, ein großes Holzkreuz zu machen.«

»Hm, hm. Und für die Farbe der Auskleidung?«

»Auskleidung?«

»Ja, die Farbe für das Tuch, mit dem Ihr armer Herr Vater bedeckt wird. Violett gefältelt wird sehr gern genommen.«

»Haben Sie kein weißes Leinen?«

»Danach haben wir nicht so viel Nachfrage, das sieht eher nach Hochzeit aus.«

»Wirklich schade, dass wir nicht mehr bei den Pharaonen sind, das hat doch wirklich mehr hergemacht!«

»Ja, aber nur, wenn du auch Pharao warst!«, schloss André, der ganz hinten im Laden gerade einen Rocksarg in Gitarrenform ausprobierte.

Als ich in Puisans parkte, zitterte ich. Niemals hätte ich mir einen Ort vorstellen können, der so weit weg war von der Fröhlichkeit, die bei uns zu Hause geherrscht hatte. Ich kam, um die Sachen meines Vaters abzuholen. Sein Koffer war schon gepackt. Ein Pfleger half mir, seinen Rollstuhl in den Kofferraum zu heben. Dann ging ich bei dem Arzt vorbei, der versucht hatte, ihn wiederzubeleben. Alte Männer und Frauen hatten sich in einer Traube vor seinem Büro geschart, sie wollten die Tochter des Toten sehen.

Ich sagte allen Guten Tag, um zu zeigen, dass mein Vater abgesehen von seiner Behinderung eine Tochter gehabt hatte, die ihn liebte. Und dass sie mich nur deshalb nie zu Gesicht bekommen hatten, weil mein Vater nur drei Tage geblieben war und schon nach einer Woche wieder nach Hause sollte. Dass es kein Langzeitaufenthalt war. Und dass ich arbeitete, in Paris. Eine echte Pariserin, müssen sie sich hinterher gedacht haben, eine stattliche Erscheinung, aber zu mager.

Alle Alten hatten etwas Freundliches zu sagen, einer hatte ihm beim Essen geholfen, ein anderer hatte ihn im Hof in die Sonne gesetzt. Sein Tod war ihr großes Ereignis. Alle wollten teilhaben. Vor allem sein Zimmergenosse.

»Ich war es, der den Nachtpfleger gerufen hat, als ich gehört habe, wie Ihr Vater röchelte. Es war elf Uhr nachts. Der Arzt war sofort da. Er hat alles versucht, um ihn am Leben zu halten. Mindestens eine Stunde lang hat er ihn wiederbelebt. Ich habe auf die Uhr geschaut. Ihr lieber Vater hat nicht gelitten, Mademoiselle, ich war bei ihm. Ich habe ihm die Hand gehalten. Es war kein einsamer Tod für Ihren Vater. Ich habe ihn bis ans Ende begleitet, wissen Sie, aber um Mitternacht war es aus.«

Wieder und wieder sagte dieser zahnlose Greis, mein Vater habe nicht gelitten. Was wusste er schon von den Empfindungen meines Vaters? Seit zwei Jahren waren sein Körper und sein Geist nichts anderes als Leid. Wahrscheinlich hat er ihm beim Sterben zugeschaut, um den Tod zu sehen, um sich auf seinen eigenen vorzubereiten, um es nachher den anderen erzählen zu können, erfüllt von diesem Zusammenhalt, der ihr Trumpf war. Ihre Familien hatten sie sitzen lassen, aber sie wahrten ihren Stolz. Sie hielten durch, weil sie zusammen waren, ein dichter Trupp, bevor es davonging.

Ich übergab mich in den Garten. Wer war ich, dass ich meinen Vater an diesem Ort hatte sterben lassen, bei diesem Alten, der ihm die Hand hielt? Wie hatten wir alle gelebt, dass es so weit gekommen war? Ich hatte ihm versprochen, ihn nie im Stich zu lassen. Um die dreißig muss ich gewesen sein, als ich ihm sagte, es könne nichts Schlimmeres geben, als im Altersheim zu sterben, vor allem, wenn man Kinder hatte: »Papa, ich verspreche es dir, ich bin immer da.« Ich hatte es ernst gemeint. Wahrscheinlich hatte ich sogar Tränen in den Augen, als ich ihm das sagte. Und doch habe ich ihn allein sterben lassen. Natürlich hatte ich gedacht, es wäre nur für ein paar Tage, aber ich hatte ihn doch im Stich gelassen. Mir wurde klar, wie absurd unser Leben ist.

Bei der Einsargung meines Vaters nahm ich das Taschentuch ab, das ich immer noch um den Hals trug, und legte es ihm in die Hand, damit er den Geruch meines Kummers und den Duft meines schlechten Gewissens mitnahm in die Ewigkeit. Und meine Fragen. Dann legte ich ihm ein Foto von mir in den Sarg und starrte auf sein Gesicht, bis der Bestattungsangestellte ihn für immer in die Dunkelheit tauchte.

Da die Beerdigung am frühen Nachmittag in hundert Kilometern Entfernung stattfand, kam Virgil nicht nach Hause, um mit der versammelten Familie zu essen, sondern fuhr lieber mit dem Leichenwagen bis nach Lamprois, angeblich um den Leichnam seines Vaters bis an seine letzte Ruhestatt zu begleiten. Raphaël kaufte für das Essen edlen Wein, meinem Vater zu Ehren, dem großen Kenner. Andrés Freunde waren da, sie trauerten um den, den sie immer als ihren Vater betrachtet hatten. Ferdinand weigerte sich, zur Feier zu kommen. Dass er sich zwei Jahre lang um seinen gelähmten Vater gekümmert hatte, hatte ihm Verantwortung gegeben, ja sogar einen Halt bedeutet, aber sich seine Leiche in einem Sarg vorzustellen ging über seine Kräfte.

Die Kirche war voll. Während des Gottesdienstes las ich einen geistlichen Text vor (ich muss in der Messe immer lesen). Ich trug ein bisschen auf. Die Leute klatschten. Der Pfarrer zischte. Die alten Tanten greinten. Auf dem Land ist das so üblich, dass die Klageweiber kommen.

Als André gerade aufstand, um wie vereinbart einen Psalm zu lesen, ließ der Pfarrer stattdessen eine Freundin meiner Mutter vortreten. André setzte sich wieder, er verstand nicht, war unglücklich, so ausgeschlossen zu werden.

Nach der Beerdigung luden wir unsere Freunde ins Dorfrestaurant ein, wo wir ein riesiges Buffet bestellt hatten. Die Leute aßen, tranken, lachten. Der Tod, die Gefühle machen hungrig.

Als wir wieder ins Tal fuhren, sahen wir auf der Böschung hinter einer Kurve einen Wolf stehen. André war überzeugt, das sei ein Zeichen von unserem Vater, und er fing an zu träumen, in Zukunft würde er in aller Freiheit über diesen großartigen Ort herrschen, wo die stolzen, geraden Tannen sechzig Meter in den Himmel reichen, wo die Kühe am schönsten sind, das Gras so grün und die Kiesel in den Bächen von strahlendem Weiß.

Am nächsten Tag fragte ich Virgil, ob er wusste, warum der Pfarrer während der Messe diese Frau aufgerufen hatte und nicht André.

»Das war auf meine Bitte hin.«

»Wie bitte?«

»André ist inkonsequent.«

»Wie bitte?«

»André ist ein Quatschkopf, ein Clown, man kann ihm nicht vertrauen.«

»Du spinnst, so etwas von deinem Bruder zu sagen. Er war schockiert, dass er vor den Freunden der Eltern nicht zu Wort gekommen ist. Aber wann hast du den Pfarrer denn gesehen?«

»Direkt vor der Messe.«

»Bist du deshalb vor uns raufgefahren? Ich dachte mir doch so was.«

»Du hättest auch nichts lesen dürfen. Ich bin der Älteste, nur ich hätte reden dürfen.«

»Das Erstlingsrecht gibt es schon lange nicht mehr. Schon der Pharao Sethos hat seinen zweiten Sohn, Ramses II., zum Nachfolger bestimmt, der erste war schwachsinnig.«

Virgil ohrfeigte mich. Ich sagte nichts. Mein Schmerz war stärker als meine Wut. Ich fuhr früher als geplant zurück nach Paris und ließ mir die Haare schneiden, ganz kurz. Es sah schrecklich aus.

25

Einen Monat nach der Beerdigung meines Vaters musste meine Mutter aus dem Haus in Barnezon ausziehen. Sie mietete ein Apartment für Ferdinand und eine Wohnung für André. Sie schenkte ihnen ihr Geschirr, ihre Möbel und ihre Teppiche, damit sie sich wie zu Hause fühlten, dann zog sie bei Raphaël und mir ein. Vorher verbrannte sie die Liebesbriefe meines Vaters, die sie sorgsam in einer Truhe aufbewahrt hatte, um nicht zu riskieren, dass wir eines Tages ihre Vertraulichkeiten lesen könnten. Wir gaben ihr unser Schlafzimmer, dessen Balkon auf einen Park hinausging. Sie war abgemagert und müde.

Eines Abends, als ich von der Arbeit kam, fand ich Raphaël an ihrem Bettrand sitzen, er erzählte ihr gerade die Geschichte des Trickfilms, den er am Nachmittag gesehen und zu dem er das Plakat entworfen hatte. Nie werde ich die Augen meiner Mutter vergessen, die ihn ansah und sich dachte, dass es im Grunde gar nicht so schlecht war, seinen Alltag mit einem ruhigen, verfügbaren Mann zu teilen, der zunächst einmal keine Seelenqualen kannte.

Sie war gerade achtundsechzig geworden und versicherte mir, wenn auch ihr Mann nicht mehr da sei, wollte sie doch leben und die Zeit genießen, die ihr noch blieb, um mit mir auf Reisen zu gehen. Zum einzigen Mal in meinem Leben hatte ich Lust, ein Kind zu bekommen, ein Mädchen, damit drei Generationen Frauen unter einem Dach zusammenlebten. Mein Kindheitstraum, meine Mutter für mich allein zu haben, war endlich wahr geworden. Aber mein Glück war nicht von langer Dauer. Einen Monat später beschwerte sie sich über Bauchschmerzen. Ich nahm Raphaël mit auf einen Spaziergang um den See gegenüber von unserem Haus.

»Ich bin sicher, dass meine Mutter in fünf Monaten tot ist. Ich werde sie nie ganz allein für mich haben.«

»Aber nein, sie ist müde von den letzten zwei Jahren, jeder andere wäre das schon viel früher gewesen.«

»Widersprich mir nicht, Raphaël, ich spüre, dass es ernst ist.«

»Gehen wir heim, ich lade euch zum Abendessen ins La Verrière zu Eric Fréchon ein.«

Meine Mutter brachte nichts hinunter, und um zehn Uhr musste ich sie nach Hause bringen, so bleich und erschöpft war sie. Am nächsten Tag verschrieb mein Hausarzt ihr Maaloxan und gab ihr zu verstehen, sie sei wohl ein bisschen wehleidig. Mich beruhigte diese Diagnose kein bisschen, und ich ging mit ihr zum Ultraschall, der leider riesige Flecken zutage brachte. Ich verfluchte meinen Hausarzt, zu dem ich natürlich nie wieder ging. Wir vereinbarten einen Termin bei einem Leberspezialisten, Prof. Butiaud, der sie zwei Tage in der Klinik behielt, um alle möglichen Untersuchungen vorzunehmen. Als sie entlassen wurde, rief er uns in sein Büro.

»Madame Charpentier, Sie bekommen in sechs oder sieben Monaten eine Spenderleber, aber bis dahin müssen Sie sich gut ausruhen.«

Dann bat er die Schwester, mit meiner Mutter ein Formular ausfüllen zu gehen.

»Marie, ich wollte gerne mit Ihnen allein sein. Wie ich sehe, sind Sie stark. Ihre Mutter hat Krebs im Endstadium. Einen Krebs an der Cardia, dem Magenmund. Es ist nichts mehr zu machen. Sie hat überall Metastasen. Es wundert mich sogar, dass sie überhaupt noch auf den Beinen ist. Sie hat noch vier bis fünf Monate. Es tut mir leid. Ach ja, Ihre Mutter möchte die Wahrheit nicht wissen.«

»Wie kommen Sie darauf?«

»Gewohnheit. Ich habe viel mit ihr gesprochen, ich habe gemerkt, dass sie bestimmte Antworten nicht hören will. Glauben Sie mir, ihr dieses Damoklesschwert über den Kopf zu hängen ist auch ganz unnötig.«

»Ich möchte, dass sie so wenig wie möglich leidet und dass sie zu Hause in meinen Armen stirbt.«

»Hier ist meine Telefonnummer, wenn ich Ihnen helfen kann, und noch die eines Kollegen, Ihre Mutter hat mir gesagt, sie würde sich gerne in ihrem Haus in Sainte-Estelle erholen, er wird eine Schmerzbehandlung einleiten.«

»Ich möchte ein letztes Mal mit ihr verreisen.«

»Dann fahren Sie schnell und nicht zu weit, bald kann sie nur noch liegen.«

Meine Mutter hatte immer Angst vor Krebs gehabt. Schon allein bei dem Wort erstarrte sie. Beim Verlassen der Klinik schaltete ich auf Autopilot. Keine Zeit für den Schmerz, und schon gar nicht zum Weinen. Die Zeit drängte. Der Tod meiner Mutter stand bevor.

Mein Vorhaben, ihr ein schönes Alter zu bereiten, verwandelte sich in Energie, ihr einen schönen Tod zu schenken. Einen schönen Tod? Dass ich dem Arzt gesagt hatte, ich wollte sie in meinen Armen sterben sehen, kam mir plötzlich unglaublich brutal vor, als würde mich die Tatsache, dass ich mit diesem Gedanken ihre Diagnose akzeptiert hatte, zur Verbrecherin machen. Vielleicht hätte ich schreien sollen, heulen, sagen, das sei nicht wahr, eine zweite Meinung einholen. Nein. Ich akzeptierte sein Todesurteil ohne Widerrede, weil ich mich konzentrieren wollte und ihr zum bestmöglichen Tod verhelfen. Als wäre Leben oder Sterben ein und dasselbe geworden.

Zuallererst rief ich ihre Freunde an, die Familie, und sagte allen, dass meine Mutter Krebs hatte, dass sie bald sterben würde, aber dass sie die Wahrheit nicht hören wollte. Für manche war das schwer hinzunehmen. Jeder hatte seine eigene Todesphantasie parat.

Ferdinand war nicht zu erreichen. Kurz nach der Beerdigung unseres Vaters hatte er wieder seine Medikamente abgesetzt und machte einen neuen Schub durch. Hin und wieder rief er mich an, das Gespräch begann normal, dann brüllte er, ich steckte doch im selben Sumpf wie alle, und legte auf.

Raphaël und ich fuhren mit meiner Mutter in den Wildpark von Thoiry. Die Sonne schien. Es war Februar, wir waren allein im Park. Ein paar neugeborene Bärenjungen verbrachten den Vormittag spielend auf unserer Windschutzscheibe. Wir hätten sie am liebsten gestreichelt. Ihnen zuzuschauen ersparte es mir, daran zu denken, wie wenige schöne Tage uns noch blieben.

Meine Mutter wusste nicht, dass die Zeit drängte. Freunde hatten sie nach Israel eingeladen (ein ehemaliger Verehrer, den ich verabscheute). Ich dagegen wollte sie in ein schönes Hotel auf Sizilien mitnehmen. Aber als sie mir eines Abends vorwarf, dass ich immer vergaß, eine Untertasse unter meine Schale heiße Schokolade zu stellen, gab ich nach und willigte ein, ihr ein Flugticket nach Jerusalem zu besorgen. Sie wollte zwei Wochen bleiben, ich sollte für die zweite Hälfte nachkommen. Aber achtundvierzig Stunden später rief sie mich an, ich sollte dringend einen Rückflug buchen. Am nächsten Tag war sie bei uns. Zu erschöpft für eine zweite Reise.

Da zog ich mit ihr nach Sainte-Estelle. Ich arbeitete

nur noch in Teilzeit. Nach Paris fuhr ich nur einen oder zwei Tage pro Woche. Mit Raphaël, der jedes Wochenende zu uns stieß, hatte ich das Haus eingerichtet, das gerade neu gestrichen worden war. Ich hatte es hübsch und gemütlich gemacht, als stünde eine Geburt bevor.

Sehr bald schon hatte meine Mutter keine Kraft mehr für Spaziergänge, selbst ein paar Schritte am Meer erschöpften sie. Sie hatte immer stärkere Schmerzen, es fühlte sich so an, als säße ein Nagetier in ihrem Magen und fräße sie von innen her auf. Ich ging regelmäßig mit ihr ins Krankenhaus, wo ein Arzt durch die Kehle eine Bestrahlung durchführte. Aber nach drei Sitzungen musste er ihr in einer Notoperation einen Stent einsetzen, damit die Metastasen sie nicht erstickten. Fortan konnte sie nur noch Brei und Proteincremes zu sich nehmen. Meine Mutter machte sich Sorgen, weil sie so schnell abnahm.

»Marie, ich bin sicher, da ist den Ärzten ein Fehler unterlaufen. Du hättest nie zulassen sollen, dass sie mir diesen Stent setzen, ohne mich zu fragen.«

»Mama, ich verspreche es dir, das war kein Fehler.«

»Es ärgert mich, was du da gemacht hast, du hättest mir Bescheid sagen können, es ist schließlich meine Gesundheit.«

»Wenn du mich etwas fragen willst, Mama, ich habe alle Antworten parat.«

»Deine Proteincremes, hast du da auch welche mit Schokogeschmack?«

Wo genau liegt die Wahrheit, wenn man sie verschweigen muss? Meine hieß, fröhlich zu bleiben, verfügbar, nicht zu viel von meiner Sorge zu zeigen, von meiner Not, meiner Mutter Seidenpyjamas zu kaufen, darauf zu achten, dass sie sich nicht wund lag, ihr Essen zu machen, ihre Besucher abzufangen und ihnen zu sagen, dass sie nichts von ihrer Krankheit wusste, mich über die Schmerzbehandlungen zu informieren, die Hauspflegedienste zu kontaktieren, mit ihr über früher zu sprechen, mir eine Zukunft für sie auszudenken, neben ihr Mittagsschlaf zu halten und Ferdinand zu beruhigen, der eines Morgens in äußerster Erregung in der Tür stand. Im Wahn. Fuchsteufelswild.

Um ihn zu schützen, stellten wir ihn unter Betreuung, als wir erfuhren, dass er sich für das gesamte Geld, das unser Vater ihm über eine Lebensversicherung hatte vererben können, für ein paar Wochen in einer Luxussuite im George V eingemietet hatte. Er nahm es uns grenzenlos übel.

Der Tod seines Vaters hatte bei ihm einen unermesslichen Schub ausgelöst, es war ein Gemisch aus Wut und Hilflosigkeit, das ihn furchtbare Dinge sagen ließ. Vielleicht ahnte er, dass er, wenn erst seine Eltern tot wären, allein wäre, schutzlos ausgeliefert in einer feindlichen Welt voller Gleichgültigkeit.

»Mama, du hast Krebs, bald stirbst du.«

»Das stimmt nicht, ich habe keinen Krebs.«

»Tss! Schau doch, wie abgemagert du bist.«

»Lass mich in Frieden, Ferdinand.«

»Gib mir lieber dein Geld und dein Haus, bald brauchst du's eh nicht mehr.«

Natürlich wusste ich, dass seine Krankheit ihn das Gegenteil von dem sagen ließ, was er dachte, aber es war deprimierend, das zu hören und hilflos zusehen zu müssen, wie er die Beziehung zu seiner Mutter kaputt machte, die er über alle Vernunft liebte, und das, wo er sie schon bald nie mehr wiedersehen würde.

Wenn er eine Zeit lang bei ihr war und meine Mutter an die Grenzen ihrer Kraft gekommen war, gab sie ihm jeden Tag Geld, damit er im Hotel übernachtete und erst am nächsten Tag wiederkam. Und ich hatte einen Bodyguard kontaktiert, Jean-Marie, zwei Meter sieben. Wenn ich in Paris war, konnte meine Mutter ihn rufen, wenn Ferdinand zu laut herumbrüllte.

»Sie sind Pfleger, ein Freund von meiner Schwester, ja? Was ist diese Familie bloß für ein Sumpf, echt, Mann. Schon gut, ich hab's begriffen, ich gehe.«

Jean-Marie blieb noch und erzählte meiner Mutter Abenteuer und Anekdötchen von den Filmfestspielen in Cannes. Es amüsierte sie (glaube ich), dass sie denselben Bodyguard hatte wie Sharon Stone.

Trotz ihrer Krankheit und der entsprechenden Behandlung hatten wir versucht, Ferdinand wieder zum Einnehmen seiner Medikamente zu bewegen, aber wie gewohnt bekamen wir ihn einfach nicht in Behandlung, die Psychiater weigerten sich, ins Haus zu kommen, und Ferdinand weigerte sich, in die Sprechstunde zu gehen. Inmitten von all dem Schmerz, den der nahe Tod meiner

Mutter verursachte, war meine Hilflosigkeit angesichts der Tatsache, dass kein Arzt sich für Ferdinands Zustand interessierte, an der Grenze des Erträglichen. Und dann fuhr er eines Tages wieder nach Barnezon.

»Marie, wenn ich einen Schlaganfall bekomme wie dein Vater, will ich nicht, dass du mich ins Krankenhaus bringst. Ich weiß, du bist tapfer, du schließt dann mein Zimmer ab und lässt mich liegen. Du rufst niemanden an, hörst du? Ich will keine Therapie um jeden Preis.«

»Ich bleibe bei dir, Mama. Du stirbst zu Hause in meinen Armen, ich verspreche es dir.«

»Tu mir den Gefallen, geh an den Strand runter und bade. Dann erzählst du mir, wie lau das Wasser ist. Juni ist wirklich der schönste Bademonat.«

Meine Mutter ist in diesem Haus geboren, es war immer ihr Ventil zum Durchatmen. Lange wollte sie hier wohnen: »Barnezon ist nur eine Zwischenlösung!« Eine ziemlich langwierige Zwischenlösung. Und jetzt, wo sie endlich da war, war sie es, um zu sterben.

26

In einem Anflug von Panik sage ich zu meinem Mann: »Du liebe Güte, ich darf bloß keinen Schlaganfall bekommen wie mein Vater. Du verstehst ja nichts vom Haushalt, womöglich würdest du mich den ganzen Tag im

Rollstuhl sitzen lassen, ohne mich sauber zu machen oder zu füttern.«

»Mach dir keine Sorgen, selbst wenn du nicht mehr sprechen und dich nicht mehr rühren kannst, bin ich sicher, dass du mir noch vorschreiben kannst, wie ich dich zu pflegen habe.«

»Das sagst du so, aber gehorchen tust du nie.«

»Und du bist dauernd krank, manchmal sogar mehrmals am Tag. Bei dir ist immer irgendwas nicht in Ordnung, wie sagte doch Sacha Guitry, man könnte meinen, Frauen hätten mehr Organe als Männer.«

Meine Mutter hatte kein Vertrauen mehr zu dem Professor in der Klinik und suchte jetzt ganz allein nach alternativen Therapien. Sie ließ haufenweise Ärzte ins Haus kommen. Ich fing sie im Garten ab, um ihnen zu sagen, dass sie ihr nichts von ihrem Krebs erzählen sollten.

Irgendwann hatte sie einen Pfuscher gefunden, der ihr attestierte, alles, was in ihrem Fall unternommen wurde, widerspreche dem gesunden Menschenverstand, sie müsse sich operieren lassen und werde dank seiner Hilfe schon bald keine Schmerzen mehr haben. Er schlug ihr einen Aufenthalt in einer speziellen Schmerzklinik vor und beteuerte, es sei eine Schande, dass sie dort nicht schon längst hingekommen sei.

Ich rief sofort Butiaud an, der mir riet, die Gelegenheit zu nutzen, um ihr vom Chirurgen zwei Katheter für das Morphium legen zu lassen, das sie schon bald werde nehmen müssen. Außerdem solle ich eine Operation verhindern, ihr Körper sei nur noch Pergament, jeglicher Eingriff würde den Prozess beschleunigen, überhaupt solle ich bei solchen Kliniken misstrauisch sein, die seien in der Lage, die Patienten ins künstliche Koma zu versetzen, um sie bewusstlos möglichst lange zu behalten, damit sie bei den Familien ordentlich abkassieren konnten.

Meiner Mutter konnte ich das nicht erklären, sie hatte all ihre Hoffnung auf dieses neue Haus gesetzt, und so folgte ich dem Krankenwagen mit einem Kloß im Hals. Ich hatte ausgehandelt, dass sie nicht schon am Vortag kommen musste, und versprach, dass sie nüchtern sein würde. Sie war so froh in ihrem Glauben an die Genesung!

Als die Schwester meine Mutter abholen kam, begleitete ich sie bis an die OP-Tür, wo ich vor dem versammelten Ärzteteam – allerdings ohne das Wort Krebs zu erwähnen – wiederholte, was Butiaud mir gesagt hatte: »Zwei Katheter und keine Operation.« Lachend erklärte meine Mutter dem Arzt, so sei ich eben, schon als Kind hätte ich alle überwacht, die ihr zu nahe kamen, deshalb nenne sie mich im Scherz Castro. Einmal, fuhr sie fort, hätte ich sogar einen Polizisten geohrfeigt, der ihr nicht den nötigen Respekt gezollt habe. Zum Glück war mein Vater mit dem Kommissar von Barnezon befreundet!

Während sie im Krankenhaus war, fuhr ich für zwei Tage nach Paris. Kaum saß ich in meinem Büro, da rief mich der Klinikarzt an: »Wir behalten Ihre arme Mutter ein bisschen länger.«

»Nein.«

»Doch. Wir müssen noch ein paar Untersuchungen durchführen.«

»Nein. Sie kommt wie vereinbart morgen nach Hause.«

»Aber, Mademoiselle, das entscheiden doch nicht Sie. Ihre arme Mutter ist sehr krank, wissen Sie, sie muss behandelt werden.«

»Meine arme Mutter ist nicht sehr krank, meine arme Mutter wird sterben, und zwar bald. Glauben Sie mir, in Ihrer Klinik wird sie nicht sterben.«

»Vor zwei oder drei Wochen wird sie nicht entlassen.«

»Wenn sie morgen nicht zu Hause ist, komme ich mit einem Krankenwagen, wir schalten die Geräte ab und nehmen sie mit.«

»Das dürfen Sie nicht, Mademoiselle, Ihre Mutter hat die Einwilligung unterschrieben.«

»Wenn Sie mir meine Mutter nicht wiedergeben, zeige ich Sie nach ihrem Tod an. Vorher habe ich keine Zeit dazu, ich muss ihren Tod erfolgreich gestalten.«

»Aber hören Sie mal, Sie sind doch kein Arzt.«

»Ich habe mit dem häuslichen Pflegedienst über Ihre Behandlungsmethoden gesprochen. Die kochen vor Wut.«

»Wollen Sie uns Angst machen?«

»Was meinen Sie denn?«

Am nächsten Tag war meine Mutter zu Hause. Inzwischen hatte der Pflegedienst ihr Zimmer in einen Krankensaal verwandelt und begann mit der Palliativtherapie.

Ich kam einen Tag nach ihrer Entlassung aus Paris zurück. Die Fenstertür in ihrem Zimmer war zur Terrasse hin weit geöffnet, meine Mutter badete im Licht. Als ich sie auf einem Krankenhausbett am Tropf liegen sah, war mir klar, dass sie nie wieder aufstehen würde. Fast wäre ich in Ohnmacht gefallen. Ich bekam keine Luft mehr. Weinen war verboten. Sie sah mich lange an. Suchte sie in meinen Augen nach einer Erklärung oder nach der Wahrheit? Oder hatte sie etwa schon begriffen, dass dies das Ende war? Und schwieg, um mich zu schützen? Ihre grünen Augen waren wässrig, besorgt, verhärmt. Ich versuchte sie anzulächeln. Aber ich konnte nicht. Ich war am Boden zerstört. Ich konnte nichts sagen. Sie auch nicht.

Drei Tage später bekam sie das erste Morphium. Schon tags darauf erklärte sie der Schwester, die die Morgenpflege erledigte, sie solle die Dosis reduzieren: »Lieber habe ich Schmerzen und sehe meine Tochter, als den ganzen Tag zu schlafen.«

Als die Schwester weg war, vertraute meine Mutter mir an, dass sie in Vieuville begraben werden wollte.

»Willst du nicht bei Papa sein?«

»Nein, in Lamprois ist es zu kalt.«

»Und in Sainte-Estelle bei deiner Mutter?«

»Ich will bei meinem Vater liegen.«

André kam für ein paar Tage nach Sainte-Estelle. Ich nutzte die Gelegenheit, um ihm Mama anzuvertrauen und vierundzwanzig Stunden nach Paris zu fahren und mich um meine Kunden zu kümmern. Keine fünf Minuten saß ich im Büro, da rief er an. Völlig panisch.

»Das Labor hat angerufen, Mamas Blut vergiftet sich, sie braucht dringend eine Transfusion. Ich habe einen Arzt kommen lassen, der einen Krankenwagen geschickt hat, um sie ins Krankenhaus zu bringen, aber sie will nicht. Sie will dich. Sie sagt, du bist die Einzige, die über sie entscheiden darf.«

»Sag dem Arzt, er soll gehen, Mama will nicht ins Krankenhaus.«

»Dann stirbt sie.«

»Mama liegt eh im Sterben, es ist aus. Wir müssen das akzeptieren.«

»Das stimmt nicht. Heute früh ging es ihr gut.«

»In der Endphase von einer Krebserkrankung kann es einem nicht gut gehen.«

»Ich sage den Sanitätern, sie sollen sie mitnehmen, ich will, dass sie lebt.«

»Du hast Angst, das ist ganz normal, aber ich will nicht, dass sie im Krankenwagen stirbt oder in der Klinik. Sie stirbt zu Hause, das will sie so. Ich komme heute Abend zurück. Hältst du durch, bis ich da bin?«

»Nein.«

»Gib mir Mama.«

»Ich muss nur eben in ihr Zimmer zurück.«

»Mama?«

»Marie, sag ihnen, ich will nicht ins Krankenhaus.«

»Ist der Arzt bei dir?«

»Ja, mit zwei Sanitätern. Ich habe Angst.«

»Weinst du?«

»Ja. Komm.«

»Ich nehme den nächsten Flug. Gib mir den Arzt. Ich küsse dich, Mama, ich liebe dich, Mama, ich küsse dich, bis gleich.«

»Hallo, Herr Doktor! Können Sie meinen Bruder bitten, Ihnen den Apparat im Wohnzimmer zu geben? Ich möchte gerne unter vier Augen mit Ihnen sprechen.«

»Gut.«

»Hallo! Und, sind Sie jetzt allein?«

»Ja, Mademoiselle. Ich muss Ihre Mutter in die Klinik bringen.«

»Nein, sie bekommt ihre Transfusion zu Hause.«

»Das ist zu gefährlich.«

»Meine Mutter möchte zu Hause sterben.«

»Aber dies ist ein Notfall.«

»Meine Mutter will nicht ins Krankenhaus.«

»Dann kommen Sie in meine Praxis und unterschreiben eine Entlastung.«

»Das ist lästig, aber ich komme. Warum wollen Sie mir einreden, im Krankenhaus würde sie gesund werden?«

»Sie haben recht, Ihre Mutter hat nur noch ein bis zwei Tage. Sie müssen mich verstehen, die meisten Menschen wollen nicht, dass ihre Eltern zu Hause sterben.«

Ich rief Virgil an, der im Ausland war, damit er sofort nach Hause kam. Ferdinand dagegen konnte ich nicht erreichen. Ich bat einen Freund in Barnezon, ihm zu sagen, dass unsere Mutter im Sterben lag, und ihm gegebenenfalls Geld für den Zug zu leihen, damit er so schnell wie möglich kommen konnte. Dann sprang ich in ein Taxi zum Flughafen, wo die Maschinen stillstanden. Generalstreik! Der Flughafen war voller wartender Menschen. Es war nicht abzusehen, wann der nächste Flug gehen würde.

Meine Mutter lag im Sterben, und ich saß fest. Ich glaubte, ich würde wahnsinnig werden. Zum Glück hatte ein Freund, der am Flughafen arbeitete, gerade Bereitschaft. Er setzte durch, dass ich auf den ersten Flug gebucht wurde, der wieder abhob. André holte mich am Flughafen ab.

Um zehn Uhr abends hielt ich außer Atem meine Mutter im Arm, sie hatte im Dunkeln auf mich gewartet.

»Soll ich dir die Füße massieren?«

»Ja.«

Das war unser Ritual. Beim ersten Mal hatte sie, obwohl es der einzige Teil ihres Körpers war, der nicht wehtat, abgelehnt. Ich hatte sie überreden müssen. Sie hat es nie gemocht, wenn ich sie liebkoste. Sogar wenn ich ihr einen Kuss gab, genierte sie das. Um meinen Überschwang zu stoppen, kramte sie wieder einmal diese Geschichte mit der Nabelschnur hervor, die nicht rechtzeitig durchtrennt wurde. Sie fand es nicht normal, dass ich sie so anhimmelte. Ich hatte immer das Gefühl, meine Mutter wäre meine Tochter. Bald würde ich mein Kind begraben. Einen Babywunsch hatte ich noch nie, und so massierte ich sie mit meinen Tränen, die ich vor ihr verbarg.

Virgil kam am Tag danach. Es war herrliches Wetter. Er holte Mama aus dem Bett und setzte sie auf der Terrasse in die Sonne. Dann setzte er sich neben sie, so zufrieden, als hätte er sie geheilt. Ich ließ ihn sein Glück genießen. Erst zum zweiten Mal kam er sie besuchen. Beim ersten Mal hatte ich ihn gefragt, ob er ihr ihren Brei bringen wollte, den ich gerade gekocht hatte. Er hatte abgelehnt, weil er meinte, ich würde ihn herumkommandieren. Da hatte ich ihm erklärt, wenn Mama erst tot wäre, würde er sich noch lange an diese paar einfachen Gesten erinnern, mit denen er ihr zu Essen gegeben hätte, ihr die Serviette um den Hals geknotet, die Kissen in ihrem Rücken zurechtgeschoben, dass das wichtige Erinnerungen wären, die ihm über die Schuldgefühle hinweghelfen würden, weil er nicht immer da gewesen war, dass Mamas Lächeln, wenn ich mich um sie kümmerte, ein Heilpflaster für meinen künftigen Schmerz war. Statt einer Antwort hatte Virgil mich geohrfeigt. Ich hatte mich nicht gewehrt. Eine Ohrfeige konnte den Tod meiner Mutter nicht aufwiegen.

Den ganzen Sonntag versuchte ich einen Arzt zu finden, der zu Hause eine Transfusion durchführen würde, um ein paar Stunden herauszuschlagen, einen Tag vielleicht. Die Praxen waren geschlossen. Über Freunde kam ich an die Privatnummern von ein paar Ärzten, aber keiner war bereit, das Risiko einzugehen. Irgendwann fand ich einen, es war neun Uhr abends. Er wollte am nächsten Morgen, sobald das Labor aufmachte, eine Blutkonserve holen und um neun Uhr bei uns sein.

Nach dem Essen sagte ich zu Virgil und André, wenn sie ihre Mutter ein letztes Mal küssen wollten, sollten sie es jetzt tun, denn ich war nicht sicher, ob sie die Nacht überstehen würde.

»Das glaube ich dir nicht«, entgegnete Virgil, »es ging ihr heute doch sehr gut.«

»Das ist anscheinend oft so, wenn Kranke sterben, der letzte Tag ist manchmal sehr schön.«

Ich wusste, dass es aus war. Ich liebte sie, also wusste ich es.

Ich ging zurück ins Zimmer meiner Mutter. Am Klang ihrer Stimme merkte ich, dass sie erleichtert war, dass ich da war. Sie bat mich, ihr die Füße zu massieren und dann schlafen zu gehen, damit ich am nächsten Tag nicht zu müde wäre. Sie sorgte sich um meine Gesundheit, fand, dass ich zu viel für sie tat.

Ich küsste sie, dann tat ich, als würde ich gehen, aber ich legte mich lautlos vor das Fußende ihres Bettes. Ich wickelte mich in eine Decke, die in Reichweite war, und lauschte auf ihren Atem. Den beruhigenden Atem einer Mutter. Er erinnerte mich an die Sonntage, als wir im Wald Pilze suchten, in Gummistiefeln. Mein Hund lief vor uns her. Als er von einem Auto überfahren wurde, hatte meine Mutter mich tränenüberströmt angerufen. Ich hatte ihr geraten, einen neuen zu kaufen. Meine Härte hatte sie furchtbar schockiert. Ich habe meinen

Hund geliebt, aber ich wusste nicht, dass der Tod wehtun konnte. Und vor allem war ich einundzwanzig und hatte schon Geschmack an Paris gefunden, wo alles so schnell ersetzt wurde.

Plötzlich stöhnte meine Mutter auf. Ich richtete mich auf.

»Brauchst du etwas, Mama?«

»Du bist da? Ja, ich möchte gern ein Glas Wasser, ich bin ganz ausgetrocknet, ich habe das Gefühl, ich ersticke ... Und meine Wanne fürs Pipi ... Aber dann gehst du schlafen, ja?«

»Ja, Mama, ich verspreche es.«

»Ist bald Morgen?«

Ich hätte diese letzten Momente gern intensiv erlebt. Doch das war unmöglich. Die Intensität liegt im Alltag, wenn alles gut geht, nicht in den extremen Momenten. Ich war bei den Wassertropfen, die ich ihr auf die Zunge tröpfelte, bei dem Kissen, das ich ihr in den Rücken schob, damit er ihr weniger wehtat. Ihre Pflege verlangte Genauigkeit und Konzentration, daneben war kein Platz für Emotionen. Ich musste auch darum ringen, dass mich der Kummer nicht überschwemmte, dass ich nicht losheulte und erst recht nicht meiner Müdigkeit erlag.

Irgendwann schlief meine Mutter ein, aber nach ein paar Minuten schreckte sie hoch, verängstigt, erschöpft.

»Bist du immer noch da? Ist es bald vorbei? Die Nacht, meine ich?«

»Ich liebe dich, Mama.«

»Es tut weh.«

So verbrachte ich die Nacht, zwischen Schmerz und Zärtlichkeit, mit dem Versuch, ihr Linderung zu verschaffen.

Am nächsten Morgen kamen die Schwester und die Pflegehelferin für die tägliche Versorgung. Ich nutzte ihre Anwesenheit, um mir in der Küche eine Tasse Tee zu machen. Plötzlich hörte ich sie schreien: »Marie, Ihre Mutter, Ihre Mutter, mein Gott, kommen Sie schnell, Marie!«

Ich rannte ins Schlafzimmer meiner Mutter, sie saß auf dem Bett, die Augen ins Leere gerichtet, die Arme vorgereckt, und sie schrie: »Err, err, err!«

Die Schwester war außer sich. »Mein Gott, Ihre arme Mutter, dabei hat sie noch mit uns geredet, als wir vorhin kamen, und jetzt ... O mein Gott, Ihre arme Mutter.«

»Was willst du, Mama? Sag es mir. Was meinst du mit ›err‹?«

»Err, err, err.«

»Gib her ... Willst du etwas trinken? Brauchst du jemanden?«

»Err, err.«

»Du willst das Meer? Mama, versuch es mir zu sagen.«

»Mein Gott, arme Marie, ich rufe den Notarzt.«

Die paar Stunden vor dem Tod meiner Mutter stehen so außerhalb der Zeit, dass ich mich noch heute in ihrem Zimmer sehe. Meine Mutter ist da. Unruhig. Ihr Blick ist starr. Sie ist wie hypnotisiert. Ihre Hände scheinen nach etwas weit Entferntem zu greifen. Mich hört sie nicht. Vielleicht erkennt sie mich schon nicht mehr. Genau in diesem Moment kommt der Arzt mit der Blutkonserve.

»Es ist zu spät, ich kann nichts mehr ausrichten, Ihre Mutter liegt im Sterben.«

»Hat sie Schmerzen?«

Die Schwester und die Pflegehelferin gehen, sie sind erschüttert.

Ich setze mich neben meine Mutter auf das Bett und umarme sie. Sie schreit noch immer, sie ist sehr unruhig, ihr Blick verliert sich im Nichts. Jetzt schon.

Plötzlich sinken ihre Arme herunter, ihr Kopf sackt an mich, ihr Körper wird schlaff, schlaff wie eine Stoffpuppe. Sie fängt an zu stöhnen. Leise. Eine lang gezogene Klage.

»So wird ihr Todeskampf weitergehen bis zum Ende, es tut mir leid, Mademoiselle.«

»Gehen Sie, ich will mit ihr allein sein.«

Ich muss meine Mutter umarmen. Ich küsse sie. Auf die Stirn. Die Wangen. Die Lider. Ich küsse sie ganz fest, sie soll verstehen, dass ich da bin. Ich wiege meine Mutter wie ein Kind. Ihr Herz schlägt, aber ihre Augen antworten mir nicht. Ich denke an meinen Vater. Er hätte es nicht ertragen, in seinem Rollstuhl zu sitzen und seiner Frau beim Sterben zuzusehen, ohne sie in den Arm nehmen zu können.

Plötzlich höre ich André: »Huhu, Mama! Ich war am Strand!«, ruft er in bester Laune.

In einem Sprung bin ich auf der Terrasse.

»André, Mama liegt im Sterben.«

Da kommt Virgil.

»Huhu, Mama! Schau mal, was ich auf dem Markt für eine schöne Goldbrasse gekauft habe.«

»Virgil, Mama liegt im Sterben.«

»Und mein Fisch?«

»Leg ihn ins Eisfach.«

»Aber er kommt frisch aus dem Wasser.«

»Mama stirbt.«

»Ich wollte ihn mit Thymian und Rosmarin kochen.«

»Virgil, gib Mama einen letzten Kuss, und dann geh zum Meer und denk an sie. Ich glaube nicht, dass du in der Lage bist, bei ihr zu bleiben, wenn sie mit dem Tod ringt.«

Als Virgil wie betäubt aus Mamas Zimmer tritt, sage ich zu André, er soll mit mir bei ihr bleiben. Es ist zehn Uhr. André setzt sich auf einen Sessel, ich auf den Bettrand. Ich nehme meine Mutter in den Arm. Ihr Blick ist abwesend. Ich küsse sie und rede mit ihr. Ich danke ihr, dass sie mich zur Welt gebracht hat, dass sie uns das Leben geschenkt hat. Ich erzähle aus unserem Leben. Mit Erinnerungen und Küssen versuche ich, die Zeit anzuhalten. Ich will, dass sie mir antwortet. Dass sie mir sagt, dass sie mich hört. Aber nein. Da ist nur das endlose Klagen und Stöhnen. André weint.

Plötzlich ist es zwölf Uhr. Ich spüre, wie die Herzschläge meiner Mutter langsamer, schwächer werden. Ihre Atemzüge sind nur noch ein langes, schmerzerfülltes Röcheln. Mein Herz passt sich ihrem an. Sie atmet erst nach längerer Zeit aus, als würde sie die Luft anhalten.

Ich fange an zu zählen, eins, zwei, drei ... acht Sekunden. Sie atmet alle acht Sekunden aus. Nur. Das reicht nicht. Ich denke an die Zeit. An die Zeit, die länger wird. Die vergeht. Eins, zwei, drei ... zehn Sekunden. Ich bekomme es mit der Angst. Mama, nein. Nicht jetzt, Mama, nein. Eins, zwei, drei ... fünfzehn Sekunden. Stille. Nein, Mama. Das Nichts. Das Warten. Das Nicht-mehr-Hoffen. Die Zeit in der Schwebe. Ich will das Ende aufschieben. Ich bitte sie, noch einmal Luft zu holen. Für mich. Für uns. Für das Leben.

Meine Mutter ist die Liebe meines Lebens. Ich habe sie immer geschützt, angehimmelt. Ich brauche sie. Ich sage es ihr: »Mama, ich brauche dich. Hol Luft, Mama! Atme! Atme!« Ich bin so darauf konzentriert, sie noch ein bisschen am Leben zu erhalten, dass ich nicht weinen kann. »Atme, Mama! Atme! Atme!« Irgendwann holt sie in einem langen Röcheln Luft. Dann wieder nichts. Sie ist ruhig. Still. Verschlossen. Ich zähle, eins, zwei, drei ... zehn Sekunden ... zwanzig Sekunden. Mein Kopf ist leer. Ich denke nur daran, die Sekunden zu zählen, die sie von der Ewigkeit trennen. »Atme, Mama! Atme! Atme noch einmal für mich, Mama! Bitte. Du musst, du musst. Ich brauche es, Mama.« Da atmet sie ein letztes Mal ein, sehr tief, als hätte sie mich gehört und wäre bereit zu bleiben, bei mir, in unserer Vertrautheit, die so begrenzt wurde von der wenigen Zeit, die uns blieb. »Danke, Mama. Danke, Liebste. Danke.«

Plötzlich rutscht ihr Kopf weg und schmiegt sich an meine Brust. Ihr Mund wird steif. Er steht halb offen.

Ihre Augen erstarren. Weit aufgerissen. Ich schaue auf die Uhr. Dreizehn Uhr. Meine Mutter ist um dreizehn Uhr gestorben. Ihr Todeskampf hat drei Stunden gedauert. Ich halte sie fest umarmt. Ich kann sie nicht verlassen.

André steht auf, kommt sie küssen, dann verlässt er das Zimmer, er weint. Ich liebkose meiner Mutter die Wangen. Ich streiche ihr die krausen Haare glatt. Sie sind schweißnass. Erschöpft vom Kampf. Ich möchte mir ihr Gesicht für immer einprägen. Ich schaue sie an. Schaue sie an. Schaue sie an. Ich will sie nicht vergessen.

»Auf Wiedersehen, Mama, ich liebe dich, Mama. Auf Wiedersehen, Mama. Ich liebe dich, Mama.« Ich lege ihr die Hand auf die Augen und schiebe mit den Fingern ihre Lider herunter, um sie für immer zu schließen. Diese Geste habe ich noch nie gemacht, niemand hat sie mir beigebracht, und doch konnte ich sie ausführen. Sie bringt mich zurück in die Wirklichkeit. Meine Mutter ist tot, ich habe niemanden mehr zum Lieben. Ich rufe Raphaël an und sage es ihm.

Als der Arzt kam, um den Tod festzustellen, riet er mir, meine Mutter in die Leichenhalle zu bringen.

»Kommt nicht infrage, sie bleibt bei mir, zu Hause.«

»Aber bei dieser Hitze werden Sie ihre Leiche nur schwer kühl genug halten können.«

»Die Bestatter bringen mir Kühlgeräte.«

»Also wirklich.«

»Also wirklich was?«

»In einer Leichenhalle wäre es doch praktischer.«

»Lassen Sie mich, ich muss allein sein.«

Der Pflegedienst holte seine Geräte ab, Bett, Tisch, Tropf, Spritzen, Morphium. Ich dankte ihnen für ihre Menschlichkeit. Der Einbalsamierer kam am späten Nachmittag. Ich erklärte ihm, ich wolle bleiben. Er lehnte ab. Ich bestand darauf. Er sagte mir, es würde mich schockieren. Der Körper entleere sich vollständig. Bei den Eingeweiden sei es eklig. Er bat mich um einen Eimer und einen Putzlappen. Ich brachte ihm auch einen Rock und eine Bluse mit Blumenmuster, damit meine Mutter in den Farben, die sie mochte, in die Ewigkeit ging.

Ich ging an den Strand. Das Meer war lau. Ich schwamm weit hinaus, wie ich es immer mit meiner Mutter getan hatte, stundenlang hatten wir uns im Wasser unterhalten. Die Spannung, die Anstrengungen der letzten Monate lösten sich, ich konnte endlich weinen. Dann ging ich wieder zu meiner Mutter, die zwischen den Dutzenden Liliensträußen lag, die sie schon bekommen hatte. Ich legte mich neben sie und vergrub meinen Kopf an ihrem Hals, um ihren Geruch zu finden, aber da war schon der Geruch des Todes. Ich küsste sie.

»Ich ruhe mich ein bisschen bei dir aus, Mama.«

Und ich schlief ein.

27

Ich erwache im 63er-Bus auf dem Heimweg. Der 63er ist eine erstaunliche Linie. Jedes Mal, wenn ich irgendwo hinmuss, bringt er mich hin.

Ein paar Plätze vor mir sitzt eine Dame, ich sehe sie von hinten, sie hat die gleichen krausen Haare wie meine Mutter. Wie ich sie so ansehe, bin ich plötzlich sicher, dass sie es ist. Ich schließe halb die Lider und amüsiere mich mit der Vorstellung, ich hätte sie seit sieben Jahren nicht gesehen und würde sie per Zufall treffen.

»Mama, was machst du denn da?« Sie erwidert, sie habe schon immer in Paris wohnen wollen, in Saint-Germain-des-Prés, und tja, jetzt wohnt sie eben hier, aber sie darf nicht trödeln, ihr neuer Mann erwartet sie. Er kann es nicht leiden, wenn sie zu spät kommt. »Ich muss los, Marie!« Sie gibt mir einen schnellen Kuss: »Ich habe keine Zeit, bei dir zu bleiben.« Mit ihrem Einkaufskorb steigt sie aus dem Bus, ohne Eile und ohne mir Fragen zu stellen. Ich hätte ihr gerne erzählt, dass ich ein Buch schreibe über die Liebe, die ich immer für sie gehegt habe, aber durch meine tränenverhangenen Augen sehe ich sie schon nicht mehr.

Plötzlich habe ich eine Gewissheit über meine Mutter, die mir so fehlt. Immer. Schrecklich. Endlich habe ich verstanden, wen sie meinte, als sie im Sterben lag und rief: »Err, err, err.« Sie rief meinen Vater, Pierre, die Liebe ihres Lebens. Ich bin sicher, mein Vater stand in dem

Licht, das wir angeblich im Sterben sehen, und hat sie erwartet. Er war da, vor ihr, und hielt die Arme auf, um sie zu empfangen und ihr über den Abschied hinwegzuhelfen. Und sie war glücklich, ihn wiederzusehen, vielleicht hat sie sogar gefürchtet, sie könnte ihn wieder verlieren, und so hat sie ihn gerufen und ihm die Hände entgegengereckt, um ihm zu zeigen, dass sie bereit war, ihm zu folgen.

Allerdings weiß ich nicht, warum ich all diese Zeit gebraucht habe, um zu akzeptieren, dass mein Vater und meine Mutter, bevor sie Eltern wurden, ein Paar waren, das sich liebte, die das Liebesphänomen kannten, genau das, das nach dem Tod noch weiterlebt. »Auf Wiedersehen, Mama, ich liebe dich, Mama. Auf Wiedersehen, Papa, ich liebe dich, Papa!«

»Und selbst in einem Funkloch geraten wir nie außer Reichweite des Liebesphänomens?«

»Unmöglich«, erklärt mir mein Mann. »Das Liebesphänomen ist genauso stark wie die Erdanziehung. Kannst du dir vorstellen, mit deinen schwachen Armen das Meer wegzuschieben?«

»Nein, aber auf den Wellen zu reiten, schon.«

28

Einen Monat nach dem Tod meiner Mutter hatte ich Geburtstag. Raphaël fragte mich, was ich mir wünschte.

»Nichts«, erwiderte ich, »ich will nichts, warum sollte ich mir etwas wünschen, wenn ich das, was ich will, nicht mehr bekommen kann?«

Er ließ nicht locker.

»Na gut«, sagte ich, »ich wünsche mir einen Ring, einen hübschen Ring von Poiray.«

Ich suchte einen mit gelben Saphiren aus, die in Baguetteform geschliffen waren. Als er schon die Kreditkarte zückte, unterbrach ich ihn: »Wozu?«

Raphaël begriff nicht, was ich hatte, ich auch nicht, und die Verkäuferin schon gar nicht, aber das war ja normal. Ich machte ihm klar, zu wissen, dass er mir diesen Juwel schenken wollte, genüge mir. Er ließ wieder nicht locker, dieser Ring sei ein Beweis seiner Liebe.

Am nächsten Tag wollte er mich wieder in den Laden schleppen, aber ich wollte keinen Schmuck mehr, meine Mutter hatte nie welchen gehabt. Ihr Geld ging fürs Essen drauf, für meine Brüder, die Steuern, nie für ihre Weiblichkeit. Mein Vater kaufte ihr einmal eine goldene Kette, da muss sie fünfundsechzig gewesen sein. Aber nicht bei einem richtigen Juwelier. Trotzdem hat sie sich gefreut. Und ihre Freude hat mir den Schmuck zuwider gemacht. Das war so wenig im Vergleich zu dem, was ihre Kinder sie gekostet hatten.

Im Herbst zog Ferdinand in das Haus in Sainte-Estelle und rief mich an, um mir zu verkünden, dass er groß geputzt habe, dass das Haus das wirklich nötig gehabt habe. Sehr viel später stellte ich fest, dass er unter Großputz verstanden hatte, unsere Erinnerungen wegzuwerfen. Er konnte den Tod unserer Eltern nicht akzeptieren, und so war ihm jede Spur der Familienvergangenheit, Fotos, Zeichnungen, Kleider, unerträglich. Nur André, auf den Ferdinand sein Vaterbild übertragen hatte und von dem er Schutz und Liebe erwartete, konnte mit ihm kommunizieren und ihm Sicherheit geben, aber auch er rief mich jedes Mal, wenn er nach Sainte-Estelle fuhr, an und verlangte, ich sollte Ferdinand in Behandlung geben, weil er immer stärker halluzinierte. Er dichtete sich die verschiedensten Berufe an und lud die Journalisten der Lokalpresse ein, um ihnen davon zu erzählen.

Als sie sein Haus sahen und seine Mappe, in der er dank meiner Partys Fotos von bekannten Sängern oder Schauspielern hatte, hörten sie ihm auch zu, und schon bald erschien ein erster Artikel: »Nach Enttäuschung im Showbusiness porträtiert Fotograf Ferdinand Charpentier jetzt Fische statt Stars.« Mit großformatigem Foto. Im Interview erklärte Ferdinand, dieses Milieu sei doch nur ein einziger Sumpf, der keinerlei Beachtung mehr verdiene, und deswegen habe er beschlossen, zu seiner ersten Liebe zurückzukehren, den Fröschen. Einen Monat später erschien ein weiterer Artikel: »Ingenieur Ferdinand Pandéris: sein revolutionäres Boot wird bald die Gewässer um Cannes befahren.« Wieder mit Foto und einem Modell, das er aus Verpackungskarton gebaut hatte.

Bei seinem »Großputz« hatte Ferdinand die Skizzen zu einem Tragflügel-Segelboot gefunden, die André gezeichnet hatte, fünf Jahre bevor solche Boote tatsächlich gebaut wurden. Ich liebte es, wenn mein Bruder seine Umwelt so verführte. Es war eine gerechte, witzige Revanche an denen, die ihn hassten und wahrscheinlich verrückt waren vor Neid, dass er so im Rampenlicht stand. Zu ihrer Entlastung muss man sagen, dass Ferdinand wirklich nicht besonders sympathisch war, wenn er einen Schub hatte und wenn er frühmorgens am Gartentor stand und die Nachbarn hemmungslos beschimpfte, die ihn noch nie gemocht hatten: »Ihr verdammten Loser! Habt in eurem Leben nichts Besseres gefunden, als zu schuften! Sklaven!«

Einen Tag vor Weihnachten fuhr ich nach Sainte-Estelle, um zu sehen, wie es Ferdinand ging, und um ihm die neue Sozialarbeiterin vorzustellen, die für seine Betreuungsakte verantwortlich war. Ferdinand empfing uns um zehn Uhr morgens auf der Terrasse und verbot uns, das Haus zu betreten, aus dem ein etwa vierzigjähriger Mann kam, mit nacktem Oberkörper und einer Schürze um die Hüften, das Austernmesser in der Hand.

»Wer ist das?«

»Antoine, ein Penner, den ich im Dorf aufgelesen habe. Er ist aus Liebeskummer auf die Straße gegangen.«

»Wohnt er hier?«

»Ich lasse ihn hier schlafen, und dafür macht er mir zu essen und putzt. Sobald Virgil mir meine Millionen zurückgibt, die er in Japan gebunkert hat, lasse ich mir ein Boot bauen und segle mit ihm um die Welt. Stimmt's,

Antoine? Bald zeige ich dir die Malediven, und dann ist Schluss mit dem ganzen Sumpf hier. Weißt du eigentlich, Antoine, dass ich die ganzen Inseln da gut kenne? Ich war da schon ... Wenn die Nudeln gar sind, bring sie mir, ich brauche jetzt Mehrfachzucker. Es ist jetzt aus, Marie, ich esse kein rotes Fleisch mehr und keinen Kuchen, alles widerlicher Fraß, das sag ich dir.«

Antoine ging vollständig bekleidet wieder in die Küche.

»Fang bloß nicht an zu halluzinieren, Ferdinand«, erwiderte ich. »Virgil hat keine Millionen in Japan gebunkert.«

»Ha! Da ist wieder die gute alte Familie, dauernd macht ihr mich fertig, du wirst schon sehen, wenn dieses Schwein Virgil sie mir wiedergibt, wirst du grün und blau vor Neid.«

»Soll ich heute Nachmittag mit dir ins Kino gehen?«

»Damit du versuchst, mich in der Psychiatrie abzugeben? Ganz sicher nicht. Ich kenne dich, Marie, du bist wie die anderen. Meine ganze Familie ist ein einziger Sumpf, da bin ich misstrauisch. Aber ich kann sowieso nicht, ich habe Antoine versprochen, ihn auf einen Kaffee an den Hafen mitzunehmen.«

»Wollen wir lieber bei Rohr Tee trinken?«

»Dann komm mich um fünf vor dem Rathaus abholen. Jetzt müsst ihr gehen, ich habe zu arbeiten. Ich schreibe ein Drehbuch, und Sie, Frau Sozialarbeiterin, Sie sollten lieber aufhören, mich unter Betreuung zu stellen. Nur weil mein Bruder mich um mein Geld bringt, braucht keiner brav mitzuspielen. Wie oft muss ich noch wiederholen, dass meine Familie mich verabscheut?«

»Das können Sie so nicht sagen, Monsieur Charpentier. Ihre Schwester ist extra aus Paris gekommen, damit wir uns alle drei zusammen sehen können. Wissen Sie, das ist nicht gerade üblich, ich weiß das, ich betreue mehr als hundert Fälle.«

»Na, dann gehen Sie wieder Ihre Verrückten betreuen, ich brauche Sie nicht. Und dich, Marie, will ich heute Nachmittag auch nicht sehen, ihr habt mir alle zu viel angetan.«

Um fünf wartete Ferdinand dann doch am verabredeten Ort. Sobald er seinen Kuchen aufgegessen hatte, rannte er davon, weil er überzeugt war, gleich stünde ein Sanitäter im Café und würde ihn mitnehmen. Ich fand ihn abends erschöpft an meinem Auto. Es tat mir unendlich weh. Es war so ausweglos!

Ausweglos schien jetzt auch Virgils Leben. Nachdem ich Ferdinand zu Hause abgesetzt hatte, war ich zu meinem ältesten Bruder in sein Mietapartment gefahren. Er fläzte schlapp und deprimiert auf seinem Sofa. Die ganze Nacht über versuchte ich ihn zum Reden zu bringen. Im Morgengrauen gestand er mir, er wolle sich am 31. Dezember umbringen, und zeigte mir seine Papiere, in denen er mich als Erbin eingesetzt hatte, dann brach er zusammen.

»Und jetzt? Was machst du jetzt mit mir?«

Ich wartete bis zehn Uhr und rief Dr. Freyssin an, einen Psychiater und Chef einer Privatklinik, mit dem ich schon mehrmals von Paris aus telefoniert und über Ferdinand gesprochen hatte.

»Ja, guten Tag, Herr Doktor. Hier ist Marie Charpentier. Kann ich Ihnen heute Nachmittag meinen Bruder bringen?«

»Glückwunsch! Haben Sie ihn überzeugt, zu mir zu kommen?«

»Nein, es geht um einen anderen.«

»Wie bitte?«

»Der, von dem ich Ihnen erzählt habe, halluziniert und weigert sich zu kommen. Aber ich habe hier den Ältesten, er will sich umbringen.«

»Kommen Sie nur, Mademoiselle, ich erwarte Sie.«

Ich bat, bei dem Gespräch dabeibleiben zu dürfen. Beide hatten nichts dagegen. Ich dachte, ich hörte nicht recht, als Virgil erzählte, er sei so erschöpft, weil er sich vor dem Tod seiner Eltern zu viel um sie gekümmert habe und weil er sich um Ferdinand sorge. Ich unterbrach seinen Monolog, in dem er sich ein geradezu ritterliches Leben andichtete.

»Herr Doktor, ich glaube eher, Virgil geht es deshalb schlecht, weil er sich nie um die Krankheit seiner Eltern gekümmert hat, er war nie wirklich da, und Ferdinand hasst er. Bestimmt setzen ihm Schuldgefühle zu, aber ganz sicher nicht die Erschöpfung von all seinen vermeintlichen Wohltaten, deshalb ist er in diesem Zustand. Ich sage Ihnen das, um Zeit zu gewinnen. Virgil ist nicht bescheuert, aber auch nicht zuverlässig. Er ist gut darin, sich als Engel darzustellen, aber vielleicht ist er eigentlich ein Teufel. Wissen Sie, Herr Doktor, woher seine Böswilligkeit kommen könnte, wo unsere Eltern doch so freundlich waren, großzügig, schön, lustig und intelligent?«

Virgil versuchte nicht, mir zu widersprechen. Meine Bemerkung schien ihn auch nicht zu ärgern. Vielleicht hätte ich, wenn es nach ihm gegangen wäre, noch mehr sagen sollen. Wie ein Verurteilter, der das Geständnis braucht, um zur Buße zu finden und um Vergebung zu bitten. Dazu war ich unfähig. Meine Kraft zog ich aus dem Verleugnen. Ich war nicht in der Lage, zusammenzubrechen. Plötzlich dachte ich an Ferdinand, an das, was er angeblich gesehen hatte. Vielleicht war das der Grund für all seine Probleme? Aber wie konnte man das wissen? Und warum sollte man erst heute davon reden? Hatte die Zeit nicht genug am Vergessen gearbeitet? Und war es etwa nicht besser so?

Nach dem Termin war Virgil bereit, in Dr. Freyssins Klinik eine Therapie zu machen. Er hatte für diesen Fall eine Tasche mit seinen Sachen mitgebracht. Aber schon am nächsten Tag ging er wieder. Da er im Ausland gearbeitet hatte, hatte er keine gesetzliche Krankenversicherung, und die private Versicherung, bei der er einzahlte, übernahm keine psychiatrischen Behandlungen. Da er sich eine so kostspielige Therapie nicht leisten wollte, musste er sich mit einem wöchentlichen Termin bei Dr. Freyssin zufriedengeben. Was aber offenbar nicht genügte, denn ein Jahr später warf er mir an den Kopf, warum ich ihm nur geholfen hätte, es wäre besser gewesen, ich hätte ihn sterben lassen.

29

Als Ferdinand eines Abends gemütlich vor dem Fernseher saß, ohne Antoine, der wieder weg war, schlugen ihn drei Nachbarn zusammen, die eigentlich alte Freunde waren und ihn von Kindheit an kannten, mit einem von ihnen hatte er sogar in allen Ferien wochenlang gespielt. Sie drangen um zehn Uhr abends ins Haus ein und prügelten ohne Vorwarnung los. Beim gemeinsamen Abendessen hatten sie sich wohl hochgeschaukelt: »Dem zeigen wir mal, wo's langgeht, ein ordentlicher Tritt in den Hintern und ein paar Ohrfeigen, das ist doch schon längst fällig!« Verrückt, wie viele Leute meinen, Probleme ließen sich mit Prügeln lösen.

Als sie weg waren und Ferdinand ganz blutleer zurückließen, rief er sofort die Polizei, und sie brachten ihn in die Notaufnahme.

Ein paar Jahre vorher hatte ich ihnen erklärt, was für eine Krankheit mein Bruder hatte. Als sie begriffen hatten, dass er vor allen Dingen Opfer einer Krankheit war, die ihn schwer behinderte, hatten sie beschlossen, ihn zu schützen und nicht mehr auf das Geschwätz zu hören, das ihn für alle Übel unseres Viertels verantwortlich machte.

Meine Mutter behauptete, die Stechäpfel in unserer Straße – eine giftige, halluzinogene Pflanze, die sogar tödlich sein kann – ließen die Einwohner ausflippen. Immerhin gab es in diesem winzigen Radius einen Sexbesessenen, einen Exhibitionisten, einen Vorbestraften, einen krankhaften Lügner, eine Erotomanin, eine mannstolle Zahnarztgattin (schon wieder), einen Selbstmörder, der sich vor den Augen seines Sohns erhängt hatte, einen Hochstapler (weniger ausgefallen), ein ausgesetztes Baby, zerstrittene Brüder, die denselben illegalen Garten am Meer bebauten, die eingebildete Prinzessin, die an einem Strand gebaut hatte, an dem das absolut verboten war, die rote Dame, die zur Pennerin geworden war, als ihr Mann sie verließ, und was weiß ich, was sonst noch.

Ferdinand verbrachte die Nacht zur Beobachtung im Krankenhaus, und die Klinik erhob Anklage gegen die Angreifer, weil er für zeitweilig arbeitsunfähig erklärt worden war. Ich versuchte, mit den Nachbarn zu reden und die Geschichte einvernehmlich zu klären. Sie entgegneten mir, sie hätten einen fiesen Anwalt engagiert, um Ferdinand lebenslang in die Anstalt zu bringen.

Daraufhin nahm sich Ferdinand eine junge Anwältin, von der es allerdings alles andere als sicher war, dass sie ihn gut verteidigen würde: Ferdinand war gerade wieder auf dem Höhepunkt eines Schubs und hatte sich in ein Asylantenheim geflüchtet (obwohl man ihn auch als Rassisten beschimpfte), von wo aus er regelmäßig bei seiner Anwältin anrief, um ihr zu sagen, dass sie völlig inkompetent sei und er es sich verbitte, sich von einer derartigen Niete vertreten zu lassen.

Vor lauter Panik, er könnte plötzlich im Gerichtssaal auftauchen, erklärte sie, sie werde nicht plädieren.

Ich redete auf sie ein, Ferdinand sei ein Aufschneider, niemals würde er sich trauen, sich ins eigene Knie zu schießen. Am Verhandlungstag lud ich sie zu einem reichhaltigen Frühstück ein und coachte sie noch einmal, immer wieder bläute ich ihr ein, Ferdinand zu verprügeln sei genauso widerlich, wie einen Autisten mit Füßen zu treten.

Sie weiß bis heute nicht, wie, aber sie hat gewonnen. Den anderen wurde eine Geldstrafe an den Staat auferlegt und ein Schadensersatz an Ferdinand (den sie ihm niemals bezahlten).

Am nächsten Tag rief ich sie an, um ihnen vorzuschlagen, wir sollten ein bisschen Zeit vergehen lassen und uns dann wieder zusammenraufen. Sie hielten mir vor, das sei alles meine Schuld. Würde ich Ferdinand kein Geld geben, dann säße er auf der Straße, bei den Pennern, da, wo er hingehöre. Ich legte auf und beschloss, sie nie wiederzusehen. Scheiße darf man nicht anfassen, sonst stinkt man selbst.

Zwei Jahre danach, an seinem vierzigsten Geburtstag, wurde einer der drei Nachbarn in die Psychiatrie eingewiesen. Vielleicht hatte er, als er Ferdinand verprügelte, versucht, das Phantom seines eigenen Wahnsinns zu vertreiben, das bald schon über ihn herfallen sollte.

Es dauerte ein Jahr, bis wir Ferdinand wieder in Behandlung brachten. Wir hatten reihenweise Behördengänge absolviert, damit er danach in eine Tagesklinik kam – ein letzter Versuch, ihm eine Anschlussbehandlung zu ermöglichen, damit der Teufelskreis seiner ewigen Rückfälle durchbrochen wurde. So wurde Ferdinand dann nach fünf Monaten in der Klinik gesund entlassen, mit der Auflage, in ein betreutes Wohnheim am Meer zu ziehen. In der ersten Zeit blieb er die Woche über dort und kam am Wochenende nach Sainte-Estelle. Da er gute Fortschritte machte, durfte er schon bald zu Hause schlafen und nur noch tagsüber kommen.

In diesem strukturierten Rahmen lernte er, dass die Pflichten des Alltags, sein Bett machen, putzen oder kochen, keine Demütigung waren. Und vor allem fiel ihm unter den anderen Patienten eine junge Frau auf, die so hübsch war, dass er wochenlang kein Wort an sie zu richten wagte, weil er überzeugt war, eine Frau wie sie könnte sich unmöglich für einen Mann wie ihn interessieren. Irgendwann traute er sich doch. Er machte den ersten Schritt, und seitdem sind sie unzertrennlich. Sie sind über beide Ohren verliebt und halten ständig Händchen.

Da Ferdinand sich gut erholt hatte und regelmäßig seine Medikamente nahm, konnte er allmählich wieder ein normales Leben führen und ein Apartment beziehen, zusammen mit Lucie, die wieder als Assistentin arbeitete. Am Wochenende kamen sie nach Sainte-Estelle, wo Virgil, der sich langsam von seiner Depression erholte, sich mit einem Betstuhl und seinen Karabinern eingerichtet hatte. Er war noch immer Single, mit seiner billigen Romantik machte er den Mädchen Angst.

Diese Stabilität ermöglichte es Ferdinand, sich als Gasthörer in der Uni einzuschreiben und Biologie zu studieren, das Fach, in dem er in der Schule so geglänzt hatte.

Ich hatte gelesen, einige wenige ehemalige Psychotiker seien nach der Genesung in der Lage, in ihrer intellektuellen Aktivität genau dort anzuknüpfen, wo sie zu Beginn ihrer Krankheit stehen geblieben waren. Ich war also stolz und glücklich, dass Ferdinand sich so gut integrierte und sein Leben endlich ein bisschen zu genießen begann. In der übrigen Zeit beschäftigte er sich neben seiner Abmagerungskur (seine Medikamente ließen ihn zunehmen) mit Schwimmen und Laufen, studierte die Pflanzen, die er im Hinterland sammelte, hatte sogar zu rauchen aufgehört und ging regelmäßig zu seinem Psychiater, denn nie wieder, das war sein fester Entschluss, wollte er krank werden.

Aber da hatte er die Wette ohne Virgil gemacht, der Lucie (der kleinen grünäugigen Brünetten) einzureden versuchte, sie wäre doch viel besser bei ihm aufgehoben als bei einem Verrückten wie Ferdinand. Lucie schockierte das derart, dass sie nicht mehr nach Sainte-Estelle wollte, wo es zwischen den beiden Brüdern immer häufiger zu Reibereien kam. Nur hing eben Ferdinand an diesem Haus wie am Leib seiner Mutter, denn allzu oft hatte sie ihm gesagt, wegen dieses Erbes mache sie sich keine Sorgen um ihn, ein Dach über dem Kopf hätte er immer.

Als es Ferdinand und Virgil allmählich besser ging, brach André zusammen. Dabei schien er seinen Kummer bewältigt zu haben, er hatte sich in der Arbeit und in den

Frauen vergraben. Doch die Geborgenheit einer liebevollen Familie, die ihm nach seiner Scheidung geholfen hatte, seinem Leben wieder eine Struktur zu geben, schien ihm mehr zu fehlen, als man meinte. Als Erstes kündigte er und verließ Barnezon, um nach Sainte-Estelle zu ziehen, auch er wurde von diesem Haus gleichsam absorbiert, das meine drei Brüder geradezu krankhaft aneinanderband, so heiß und innig liebten sie es. Ich dagegen hatte beschlossen, nie wieder dort zu bleiben, ich fand sogar, seit dem Tod meiner Mutter, die als Einzige ein bisschen Freude an diesen Ort hatte bringen können, hing eine Art Fluch darüber.

»André geht es schlecht«, sagte mir eines Tages Ferdinand. »Er arbeitet nicht mehr. Seine Post stapelt sich. Er bezahlt keine Rechnungen. Außerdem ist er jetzt ein echter Alkoholiker. Morgens geht er heimlich in die Kneipe. Du musst ihn in eine Psychiatrie bringen.«

»Man weist niemanden wegen Problemen mit Geld und Alkohol ein. Sonst wäre es da total überfüllt.«

»Mich hast du ja auch einweisen lassen. Und ich verdanke dir, dass ich gesund bin, das kannst du für ihn auch tun.«

»Ich kann ihm eine Entziehungskur vorschlagen. Aber schau, Papa hat das auch nie mitgemacht.«

»Dann bringe eben ich ihn in die Klinik. Ein Kinderspiel, ich kenne das System in- und auswendig. Ich hole bei den beiden Ärzten in Sainte-Estelle ein Attest, und dann kommen ihn die Sanitäter holen.«

»Sag das nicht.«

»Doch, eines Tages finden wir ihn tot auf der Terrasse liegen, und dann bist du schuld, weil du nichts unternommen hast, damit er geheilt wird.«

»Beruhige dich.«

»Ich sag's dir, er ist nicht mehr er selbst. Tagelang hockt er auf der Treppe und heult. Gestern hat er geweint, weil er dich nicht am Telefon erreicht hat.«

Ferdinand machte mir so die Hölle heiß, dass ich irgendwann bei Dr. Freyssin anrief und mir die Adresse eines Kollegen geben ließ, dessen Klinik Entziehungskuren durchführte. Aber sie hatten eine lange Warteliste.

Endlich rief man mich eines Tages an, und noch am selben Nachmittag brachte Virgil André mit dem Auto bis an das Tor der Einrichtung. Ferdinand entwickelte eine geradezu gutväterliche Seite, er kam häufig mit Lucie zu Besuch. Seinen Bruder in der Rolle des Kranken zu sehen, die einst seine gewesen war, gab ihm einige Selbstsicherheit. Vielleicht bestätigte ihn das in seinem Status als geheilter Sohn. Nach fünf Monaten kam André in Topform nach Hause, er war so begeistert von seinen Makrameekursen und Gedichtwerkstätten, dass er seinem Arzt erklärte, er werde künftig jeden Sommer zur Erholung in seine Klinik kommen.

Aber als André bei einer Lufttechnikfirma anfing und begann, gelegentlich ein paar Gläser mit den Kollegen zu trinken, die er regelmäßig nach Sainte-Estelle einlud, konnte Ferdinand die Vorstellung nicht ertragen, dass der, den er als seinen Beschützer ansah, aus mangelnder

Charakterstärke das Risiko einging, wieder auf die Nase zu fallen.

Ferdinand war gefangen in seiner extremen Sensibilität, er konnte nicht begreifen, dass André nicht konsequenter war, wo er selbst doch mit seiner Entschlossenheit die Gespenster seiner Vergangenheit hatte zurückdrängen können. So gerieten die beiden ständig in Streit, und wenn sich noch Virgil mit einmischte, zankten sie laut und ausdauernd wie in alten Kindertagen.

30

Und ich? Ich war verzweifelt, aber ich merkte es nicht. Mir war nicht klar, in welchem Ausmaß mich der Tod meiner Eltern am Boden zerstört hatte. Ich dachte, mein Problem wäre Raphaël. Dabei hatte ich ihm, außer dass er mich liebte, nichts vorzuwerfen. Ich wollte ein anderes Leben. Um jeden Preis. Zertrümmern, was ich aufgebaut hatte. Aufs Geratewohl suchte ich nach Lösungen, ohne genaues Ziel, aber mit einem Willen, gegen den niemand ankam.

»Raphaël, ich gehe.«

»Geh, aber komm wieder.«

»Ich will Erfolg in meinem Leben.«

»Und wie sieht dein Plan dafür aus? Mit dicken Arschlöchern ins Bett gehen, ja? Mir ist das egal, ich bin ein treuer Hund, ich warte zu Hause auf dich.«

»Oder wir arbeiten zusammen, wir machen eine Firma auf.«

»O nein, da machst du mich zu deinem Handlanger.«

»Für irgendwen ist man immer Handlanger.«

»Vielleicht, aber deiner will ich nicht sein.«

»Dann leb wohl.«

»Ich liebe dich.«

Ich dachte nur noch ans Sterben. Aber ich wusste nicht, wie. Eine Giftschlange wie bei Kleopatra schien mir eine verlockende Lösung. Allerdings musste ich irgendwie an eine herankommen. Da das in Paris eher schwierig war, half ich dann doch lieber Leuten, die sich künstlerisch verwirklichen wollten. Per Mundpropaganda zirkulierte meine Telefonnummer als Geheimtipp. Ich arbeitete von morgens bis abends.

»Du hast keine Idee? Ich schon. Du hast kein Geld? Ich verschaff dir welches. Du kennst keinen Produzenten? Ich stelle dir welche vor. Du hast kein Geld, um diesen Sommer wegzufahren? Ich stelle dir Raphaëls Ferienhaus zur Verfügung. Du kannst nicht schreiben? Ich bringe es dir bei. Du kannst nicht singen? Das ist schon schwieriger. Du hast keinen Kopierer? Ich kopiere dein Drehbuch nachts in Raphaëls Büro. Du hast kein Bindegerät? Egal, das gibt es da auch. Du hast keinen Kuli? Ich geb dir meinen.«

Ich war überfordert. Das rettete mir das Leben. Und da wurde ich magersüchtig.

Raphaël konnte mir wieder und wieder sagen, dass ich

nur noch Haut und Knochen war, ich hörte ihm einfach nicht zu. Stattdessen war ich sogar stolz, nicht zu sein wie die anderen, die immer Hunger hatten. Ich gefiel mir bei der Vorstellung, ich wäre eine Elfe, die nichts zu sich zu nehmen brauchte, um zu leben. Ich fühlte mich jenseits dieser Vulgarität, sich auf alles Essbare zu stürzen, lieber begab ich mich in spirituelle Sphären und kam gar nicht mehr auf den Gedanken, dass ich vielleicht Hunger haben könnte.

Unter Tränen zog ich in ein Apartment. Nach drei Monaten kam ich zurück. Raphaël kümmerte sich darum, meine Sachen heimzuholen. Dann zog ich zu einer Freundin, ging aber noch regelmäßig mit Raphaël ins Bett. Als Nächstes teilte ich eine Wohnung mit einem Freund, aber dort hielt ich es nicht aus, ich fand, es roch nach Tod. Also brachte ich meine Sachen wieder zu Raphaël, der gerade in Rom zu tun hatte, und fuhr ihm dorthin nach. Als wir zurück in die Wohnung kamen und er meine Kleider im Schrank fand, schimpfte er (aus Prinzip), aber eigentlich freute er sich. Drei Monate später ging ich ins Hotel, dann mietete ich wieder ein Apartment. Und ich verschenkte all meine Klamotten. Ich konnte sie nicht mehr ertragen. Der Freund, mit dem ich zusammengewohnt hatte, hingegen konnte sein Leben nicht mehr ertragen, er beging Selbstmord.

Raphaël liebte mich und wollte mir finanziell unter die Arme greifen. Ich lehnte ab.

»Ich bin nicht mehr deine Frau, aber ich bleibe deine Mätresse. Also zahl mir nicht die Miete, aber wenn du mich zum Essen einladen möchtest oder mir einen hübschen Pullover kaufen, freue ich mich immer.«

Ich dachte auch, die Lösung für meine vierzig Kilo mit vierzig Jahren könnte im Erotismus liegen. Ich ertrug es nicht, von einer Einladung nach Hause zu gehen, ohne einen Mann verführt zu haben. Dabei richtete ich einigen Schaden an, aber interessant war nichts so recht für mich, die ich nur eines will: geliebt werden wie von Sinnen. Auch schmiss ich meine Arbeit in der Kommunikationsbranche und entwickelte ein Projekt für eine Sendung über Sex. Die Produzenten luden mich gemeinsam mit Pornodarstellerinnen zum Essen ein, andere stellten sich vor, ich könnte meine Sendung im Negligé auf Kissen liegend präsentieren. Dabei hatte ich mich eher im Rollkragenpulli gesehen!

Im Jahr darauf wollte ich Produzentin werden und einen Investitionsfonds für das europäische Kino gründen. Da ich nicht ganz unten anfangen und Praktikantin bei dem Assistenten der Assistentin eines Produzenten werden wollte, machte ich mich an einen Investor heran, den ich in Saint-Tropez kennengelernt hatte und der mich ständig anrief, um mich in Luxushotels in sein Bett einzuladen, mir strassbesetzte Strings zu kaufen und mich in einem Apartment neben seinem Büro einzumieten.

Eines Tages wollte er, nachdem wir zusammen zu Mittag gegessen hatten, unbedingt wissen, wo ich wohnte. Ich ließ ihn zu mir hinauf. Das Teewasser kochte noch nicht, da lag er schon pudelnackt auf meinem Bett. Um Zeit zu gewinnen, sagte ich ihm, er sei ziemlich wabbelig, wenn er vorhabe, mit mir zu schlafen, müsse er sich ein paar Muskeln zulegen.

Dieser Dussel nahm mich beim Wort und begann ein Programm mit meinem Fitnesstrainer, noch so ein Dussel, der mir seine Kurse gratis erteilte, damit, wie er sagte, mein Körper genauso kraftvoll würde wie mein Verstand, der ihn schwer beeindruckte.

Ein halbes Jahr später hatte der Investor einen Körper wie aus Stahl. Damit ich nicht mit ihm schlafen musste, erklärte ich, ich könne unmöglich eine Beziehung zu einem verheirateten Mann eingehen. Er ließ sich scheiden. Nicht wegen mir, um seine Ehe stand es schon lange nicht mehr zum Besten. Aber trotzdem! Er berichtete mir davon bei einem Essen im Plaza Athénée, wo ich ihm anvertraute, ich zielte darauf ab, mit dem Mann zu arbeiten, den ich einmal lieben würde. Aber als ich ihm meine Filmproduktionspläne vorstellte, lehnte er ab. Lehnte ab, mich zu seiner Presseassistentin zu machen. Und lehnte auch ab, mich als Putzfrau zu nehmen, als ich ihm gestand, dass ich pleite war und unbedingt wieder arbeiten musste.

Tags darauf, als er begriff, dass ich es ernst meinte, erklärte er sich mit meiner Idee einverstanden, eine Holding zu gründen, in der es eine Produktionsfirma unter meiner Leitung geben sollte. Er unterschrieb mir einen Vertrag, der mir eine Kommission garantierte, wenn er auf meinen Vorschlag (in Schwierigkeiten geratene) Unternehmen aufkaufte. Ein Jahr lang (aber ohne Bezahlung) kontaktierte ich mit einem Investor, des Doppelgängers von Danny DeVito, Banken, Anwälte, Gerichtsvollzieher und hielt Ausschau nach guten Geschäften.

Inzwischen hatte ich bar auf die Hand für eineinhalb Jahre ein möbliertes Apartment in Saint-Germain-des-Prés bezahlt. Da ich kein Geld mehr hatte, sagte ich, wenn ich mit meinen Freundinnen ins Restaurant ging, ich hätte keinen Hunger, sonst wäre ich eingeladen worden, und Mitleid wollte ich als Allerletztes. Wenn ich nach Hause kam, machte ich mir zwei Spiegeleier oder Crêpes, oder ich aß gar nichts, was mir völlig recht war. Und wenn mich ein Kaufrausch überkam, machte ich eine Beutetour bei Gap und trug am nächsten Tag alles zurück. Es war ganz einfach, Augen zu und durch. Eine andere Lösung wusste ich nicht.

Seit Jahren hatte ich wegen der Magersucht keine Regel mehr, und im Juni redete eine Freundin, die Assistenzärztin war und inzwischen Selbstmord begangen hat, auf mich ein, ich müsste einen Endokrinologen konsultieren, sonst würde ich bald noch meine Haare und Zähne verlieren und mir den Magen ruinieren. Am Tag nach meinem Termin im Krankenhaus rief mich der Oberarzt an, ich hätte ihn gerührt, er wolle mich wiedersehen.

»Sie werden mich wiedersehen, ich komme in zwei Wochen wieder.«

»Nein, allein.«

»Wegen Ihnen fahre ich nicht quer durch Paris.«

Nach einem Tag voller Untersuchungen wies er mich für achtundvierzig Stunden in die Klinik ein, um einige Befunde zu vertiefen. Die Schwester schloss mich als Erstes an ein Gerät an, das intravenös meine Hormonwerte messen sollte, dann gab sie mir ein Medikament zu schlucken und erklärte, ich würde gleich ohnmächtig werden, aber ich solle mir nichts dabei denken, das sei ganz normal.

Acht Stunden später, nach einem dritten Medikament und einer dritten Ohnmacht, ließ mich der Professor in sein Büro rufen, schloss ab und versuchte mich zu küssen. Ich befürchtete, er könnte mich in der Nacht vergiften, wenn ich mich widersetzte, und ließ die Umarmung zu, aber kurz darauf tat ich, als würde mir schlecht, damit ich zurück in mein Zimmer konnte, wo Raphaël mich erwartete. Als ich ihm von diesem Vorfall erzählte, erwiderte er, daran sei ich selber schuld, ich hätte es ja darauf angelegt.

Ich schäumte vor Wut und war kurz davor, ihn wegzuschicken, aber ich überlegte es mir. In gewisser Weise hatte er nicht unrecht. Da der eigentliche Ursprung meiner Probleme die Männer waren, versuchte ich sie unbewusst zu bestrafen, indem ich sie verführte, ohne mich hinzugeben – je mehr von ihnen ich um mich scharte, desto mächtiger fühlte ich mich.

Als am nächsten Tag etwa fünfzehn Spezialisten in meinem Zimmer aufmarschiert waren, um mir zu erklären, wie lebenswichtig eine gesunde Ernährung war, willigte ich schließlich ein, mich behandeln zu lassen.

»Wollen wir nicht essen gehen?«

»Hast du schon Hunger?«, wundert sich mein Mann.

»Ja, klar!«

31

Ein halbes Jahr, ein paar Hormone und zwölf Kilo später (von denen fünf schnell wieder weg waren, mein Körper war auf das Gewicht einer Achtzehnjährigen programmiert) ließ ich den Zustand der Verwirrung allmählich hinter mir.

Da ich nicht mehr den ganzen Tag darüber nachdenken musste, was ich alles nicht essen würde, hatte ich wieder ziemlich viel freien Speicherplatz im Gehirn und schrieb meinen ersten Roman.

Ich befolgte damit den Rat eines Mannes, mit dem ich insofern eine besondere Beziehung pflegte, als seine Sexualität (die recht labil war, in der Regel endete es mit einem frühzeitigen Erguss in die Hose) von einer langen Erregungsphase geprägt war, die sich auf erotische Worte gründete. Ganz subtil, ohne mich je offen zu bitten – sonst hätte ich mich niemals gefügt –, brachte er mich so weit, dass ich ihn, wenn ich in Kontakt mit ihm bleiben wollte, per SMS dazu anregen und dabei so explizit sein musste, dass er mich anrief und mich auf der Stelle sehen wollte.

Ich liebte ihn nicht, aber ich klammerte mich an diese Geschichte, als wäre dieser Mann eine Hürde, die ich überwinden musste, um mich selbst besser zu verstehen. Ich glaube nicht, dass ich besonders viel verstanden habe, außer dass ich nie wieder eine solche Beziehung will, mit einem Partner, dem es überhaupt nicht um mich ging, sondern der mich nur benutzte, um seine Bedürfnisse zu befriedigen. Ich blieb, weil ich mir einbildete, wir würden uns in unserer Zerbrechlichkeit beide ergänzen, und da ich unbedingt vorwärtskommen wollte, stellte ich mir vor, wir könnten uns gemeinsam heilen, er wäre gewissermaßen mein Gegengift. Aber verliebt war ich vor allem in meinen Zugang zum Schreiben, den er gestiftet hatte. Ich liebte meinen Einfluss auf ihn, dass meine Worte ihn verrückt machten. Wenn er mir zurückschrieb, ich sei erregend, antörnend, geil, dann faszinierte es mich, dass ich nicht mehr mit meinem Körper gefiel, sondern mit meinem Geist.

Gleichzeitig begann ich eine Psychotherapie. Die Worte, wieder die Worte, befriedeten mich, versöhnten mich, auch wenn sie mich nicht heilten, kaputt bin ich noch immer. Meine Sinnesfreude liegt in Ketten, in einer Vergangenheit, von der ich nicht loskomme.

Da ich so Tag und Nacht mit diesem Mann kommunizierte, riet er mir, ein Buch mit erotischen Geschichten zu schreiben, mit dem Argument, ich lebte in einer ganz besonderen Welt. Um ihn zu verblüffen, nutzte ich also das Schreiben als Verteidigungsmechanismus. Dabei hatte mich auch Raphaël, dem ich liebend gern ganz neue Fassungen der Filme erzählte, die mir nicht gefallen hatten, tausendmal ermutigt, Geschichten zu schreiben, aber ich hatte nicht auf ihn gehört. Es war damals wohl noch zu früh. Und außerdem brauchte ich Raphaël nicht mehr zu verführen, damit er mich liebte.

An Silvester aß ich mittags mit David Bensoussan, mit dem ich noch immer befreundet war.

»Marie, du bist und bleibst mein Traum!«

»Ich möchte gern zwei oder drei Tage allein sein. Ich habe mir raten lassen, ein Buch zu schreiben. Ich brauche Ruhe zum Nachdenken.«

»He! Gebongt.«

»Wie das?«

»He! Ich schenke dir zwei Wochen im Hotel.«

»Super! Ich kenne einen kleinen Familienbetrieb, sauber und nicht zu teuer, gehen wir nach dem Essen hin?«

»He! Wenn dir zwei Wochen nicht reichen, zahle ich dir den ganzen Monat.«

Am 1. Januar zog ich mit meinem Computer, meinem Drucker und meinem Wasserkocher dort ein. Raphaël fragte mich, ob ich mich umbringen wolle. Ich erwiderte, wahrscheinlich hätte ich mein Leben lang noch nie etwas so Ernsthaftes getan, und wenn er sich nicht ausgeschlossen fühlen wolle, könne er ja hin und wieder kommen und mit mir schlafen.

Mir war nicht bewusst, was ich da tat, aber Tag und Nacht konnte ich nichts als schreiben. Nach einem Monat hatte ich einen Text. Ein Verlag kaufte ihn mir ab. Ich verließ den SMS-Mann.

Als mein Buch erschien, spürte ich, dass ich existierte. Endlich. Ich beschloss, ein zweites zu schreiben. Der erste Satz, der mir einfiel, hieß: *Ich möchte den Mann meines Lebens kennenlernen, mit ihm leben, arbeiten und verschmelzen.* Eine Woche später nahm mich Valérie zu dem Abendessen mit, bei dem ich nicht mal die Gastgeber kannte und wo ich meinen Mann kennengelernt habe.

»Du redest viel von deiner Vergangenheit«, sagt mein Mann.

»Davon habe ich schon immer viel geredet.«

32

Ich mache einen Krapfenteig, die Krapfen aus Barnezon sind die einzige Tradition, die ich beibehalten habe, ansonsten feiere ich Weihnachten nicht mehr. Während ich in einer Schüssel fünfhundert Gramm Mehl mit vier Eiern verrühre, hundert Gramm geschmolzene Butter, hundert Gramm Crème fraîche, zwei Löffel Rum, eine Prise Salz, Hefe und ein bisschen Vanillezucker hinzugebe, erinnere ich mich an Weihnachten bei meinen Eltern.

Sie hatten immer ihre Freunde eingeladen, die keine Familie hatten: den feingliedrigen schwulen Dichter, die schöne kambodschanische Prinzessin, die vor Pol Pot geflohen war, den dicken russischen Direktor einer Uhrenfabrik. Meine Mutter machte uns eine Lammkeule oder mein Vater chinesische Ente. Es war immer sehr lustig. Ich buk Dutzende Krapfen und verstaute sie in Tupperdosen.

Meine Mutter hatte das gesamte Sortiment, den Eimer zum Brombeer- und Himbeerpflücken, die mit warmem Wasser befüllbare Teigrolle, die Plastikfolie, auf der man den Mürbeteig ausrollte, die Förmchen für Eis am Stiel aus Pfefferminzsirup.

Neulich im BHV habe ich mich nett mit der Tupperware-Vertreterin unterhalten, sie hat mich an die Partys erinnert, zu denen meine Mutter mich mitgenommen hatte. Als sie mir sagte, dass sie aus Barnezon sei, habe ich sie geküsst. Fast hätte ich sie sogar zum Tee nach Hause eingeladen.

Ich forme meinen Teig zu einer Kugel und stelle sie zum Gehen auf die Küchenheizung. Es ist Essenszeit, aber ich habe keine Lust zu kochen. Eine große Trauer überkommt mich. Ich sage zu meinem Mann: »Hast du nicht Hunger?«

Er macht keine Mätzchen und holt sich aus dem Kühlschrank Salatherzen.

Während ich ihn sein blankes Grünzeug knabbern sehe wie ein Kaninchen, denke ich an meine Brüder. Egal, wie unsere Beziehung ist, unsere Unstimmigkeiten, ich muss zugeben, ich liebe sie. Natürlich wäre mir lieber, bestimmte Dinge wären nie passiert, aber meine Brüder sind Teil meines Lebens, und ich kann nicht leben, ohne regelmäßig von ihnen zu hören. Ich muss mit ihnen reden, in Kontakt bleiben, wir hängen zusammen. Ich hätte mich gefreut, wenn Ferdinand mit Lucie für eine Zeit lang zu uns gekommen wäre, wie zwei Kinder, die man beschützen muss, während wir warten, bis die schönen Zeiten wiederkehren.

Ich möchte Ferdinand verwöhnen. Er wäre mit mir zu Mamas Grab gefahren. Ich bin sicher, das hätte ihm gefallen. Wir hätten über die Eltern geredet, über unsere Vergangenheit, seine Aufenthalte in der Psychiatrie.

Wie viel Zeit habe ich damit verbracht, ihn zu besuchen, mit seinen Ärzten zu reden, ihm nachzurennen, um ihn in Behandlung zu bringen! Ich sehe mich noch am Meer in Sainte-Estelle, umringt von einem Dutzend Sanitäter, die versuchen, ihn zum Mitkommen zu bewegen: »Hören Sie auf Ihre Schwester, Monsieur, sie ist so lieb, sehen Sie doch, wie sie sich die Beine ausreißt, damit Sie in Behandlung kommen, na los, kommen Sie mit, Sie haben Glück, dass Sie eine Schwester haben, die Sie liebt.« Und er steht auf seinem Felsen und brüllt, wir sollten ihn in Ruhe lassen. Erst spät in der Nacht war er heimgekommen. Meine Mutter und ich hatten den ganzen Abend in der Angst verbracht, es könnte ihm etwas zugestoßen sein.

Plötzlich denke ich an die Fotos, die ich bekommen soll. Mit achtzehn stand ich gerne für Ferdinand Modell. Das waren gute Momente. Meine liebste Aufnahme ist ein Schwarz-Weiß-Bild, ich liege auf einer Betonplatte kurz vor dem Strand, man sieht nur mein Gesicht und das Wasser. Ich muss Ferdinand fragen, ob er noch das Negativ hat, dann lasse ich es im Großformat abziehen. Ich versuche ihn zu erreichen, aber er geht nicht ans Handy. Plötzlich mache ich mir Sorgen. Mein Bauch verknotet sich. Ich bin ganz beklommen. Ich habe Mühe, Luft zu holen. Ich hinterlasse eine Nachricht und bitte ihn, mich so schnell wie möglich zurückzurufen.

Ein paar Minuten später klingelt das Festnetztelefon. Ich stürze hin. Es ist der Agent meines Mannes. Ich gebe ihn ihm und denke nach.

Wenn ich im Süden ein Haus mietete, könnte ich Ferdinand und Lucie unterbringen. Ich käme hin und wieder für die Ferien. Besser noch, ich würde ein Anwesen im Gers oder im Baskenland kaufen, weit weg von Sainte-Estelle. Da könnten sie ein neues Leben anfangen, an einem Ort ganz ohne die Schmerzen der Vergangenheit.

Ich will Land von Biobauern, ohne Pestizide und Kunstdünger, die Boden und Grundwasser zerstört haben, mit Gemüsegarten, Bienenstöcken, Hühnern, deren Eier ich essen werde, und einer Quelle. In ein paar Jahren, da bin ich sicher, ist Autarkie der wahre Luxus. Ich möchte, dass der Boden aus eigener Kraft Frucht bringt. Ein Bauer kümmert sich darum und verkauft einen Großteil der Ernte. Ferdinand könnte wieder fotografieren. Lucie würde sich um den Vertrieb des Honigs oder der hausgemachten Marmeladen kümmern. In dem alten Bauernhaus, auf dessen Dach ich Solarzellen anbringen würde, hätte ich eine Wohnung für mich. Eine sehr großzügige. Mit einer Küche, in der wir essen, zwei

Schlafzimmern, zwei Bädern und einem Wohnzimmer mit riesigem Flachbildschirm.

Nur müsste mein Mann dafür wieder anfangen zu arbeiten.

Ich bin erleichtert, jetzt habe ich wenigstens eine Idee für die Zukunft, etwas zum Träumen. Ich gehe zurück in die Küche und rolle meinen Teig aus, der gut aufgegangen ist. Dann schneide ich mit einem Rädchen fünf mal sechs Zentimeter große Rechtecke aus und zeichne zwei Öffnungen hinein. Jetzt ist das Öl in der Pfanne heiß, ich kann meine Krapfen frittieren. Wenn sie schön goldbraun sind, lege ich sie auf ein Stück Küchenrolle und bestreue sie mit Puderzucker.

Mein Mann tritt neben mich.

»Willst du einen?«

»Ja.«

»Warm sind sie noch besser.«

»Ich liebe dich.«

»Erzähl, worüber ihr geredet habt.«

»Wir fahren Anfang Januar nach London. Ich soll einen Produzenten treffen, der nach großen historischen Themen sucht, die möglichst international verkäuflich sind. Er ist bereit, mein Projekt über Heloisa und Abaelard zu finanzieren, weil die Liebesgeschichte auf der ganzen Welt bekannt ist.«

»Ich nehme an, wir fahren mit dem Zug?«

»Ja, klar!«

»Selbst einen klitzekleinen einstündigen Flug willst du nicht?«

»Nein.«

»Weißt du, ich habe mir Sorgen gemacht, und das war falsch. Ich bin stolz, dass du mir widerstanden hast.«

Ich krieche mit dem Computer zu meinem Mann ins Bett und lese ihm meine Geschichte über Georgette vor.

»Mir gefällt der Anfang nicht, da versuchst du besonders forsch zu sein. Bleib doch bei deinen Gefühlen, das ist besser.«

»Ich habe immer gedacht, wenn ich mich nicht forsch gebe, mache ich mich zur Idiotin. Die Dinge ins Lächerliche zu ziehen war schon immer mein Trick zur Selbstverteidigung.«

Plötzlich fange ich an zu weinen, weil mir bewusst wird, dass ich nie einfach hingenommen habe, andere über mich bestimmen zu lassen. Häufig habe ich stattdessen zusätzliche Schleifen gedreht und dachte, so könnte ich mich aus bestimmten Situationen retten. Ich habe das Gefühl, ich habe mein Leben lang unnötige Haken geschlagen.

Georgette erinnert mich an die Zeit, als ich vierzehn war und gerade 1,44 Meter groß. Eines Nachts schloss ich einen Pakt mit ein paar mysteriösen Gottheiten: »Lieber Christengott und alle anderen ägyptischen Götter, liebe Heiligen, liebe Engel, macht, dass ich 1,64 Meter werde, wie meine Mutter, ein kleines bisschen größer. Ich will kein Zwerg bleiben. Ich will noch zwanzig Zentimeter wachsen, und ich will ein Pferd. Hallo! Ihr Götter der Maßeinheiten! Ich gelobe, bis ich achtzehn bin, um zwanzig Zentimeter zu wachsen! Wenn ihr mich erhört, bin ich mein Leben lang eure Sklavin. Hört zu, ich flehe euch an! Hier ist mein Opfer: Ich kann nicht singen, aber von heute an werde ich alle Buchstaben von allen Wörtern zählen, die ich verwende, und sie immer zu Päckchen von fünfen bündeln, denn meinetwegen wachse ich nur fünf Zentimeter pro Jahr. T, L und K lasse ich aus, die mag ich nicht. T: das steht für den Tod. Ich habe Angst, in der Ewigkeit zu verschwinden, die ich nicht in Zahlen fassen kann. L: Ich will nicht lahm werden. K: Das ist der Krebs. Diese Buchstaben zähle ich nie zu meinen Fünferpäckchen, und auch nicht die daneben, denn die sind verseucht. J: zähle ich nicht, weil ich nicht jung sterben will. Also, mein Gott, von jetzt an werde ich heimlich, im Kopf, den lieben langen Tag diese kleinen Waggons mit meinem neuen Alphabet bepacken. Dadurch werde ich langsamer denken, aber ich werde Weltmeisterin im Kopfrechnen meiner Verzweiflung.«

Mein Gebet ist erhört worden, ich bin die zwanzig Zentimeter, die mir fehlten, noch gewachsen, heute bin ich 1,64 Meter groß. Meine Ängste waren berechtigt, mein Vater ist als Lahmer gestorben und meine Mutter an Krebs. Diese Gewohnheit, im Kopf die Buchstaben meiner Sätze abzuzählen, habe ich nie abgelegt. Noch heute arrangiere ich sie, ohne es zu merken und ohne dass das meinen Sprachfluss mindert, weiter nach der Ordnung meiner jugendlichen Ängste.

Wenn ich zum Beispiel sage: »Und wir tappten beide wortlos durch die schlafende Stadt bis jenseits von

Barnezon.« »**Und wi**(erstes Fünferpäckchen)*r* t*a***pp***p*t*e***n** **bei** (zweites Fünferpäckchen)**de wo***r*tl*o***s**(5) **durch** (5) **die** **sc**(5)*h*l*a***fende** (5) *S*t*ad*t *b***is** j**ens**(5)**e***i*t*s* **von B**(5)**arnez**(5) **on.«**

Am Ende steht aber ein Zweierpäckchen, und das passt mir nicht. Ich füge also, nur im Kopf und absolut schweigend, am Ende meines Satzes ein Wort mit drei zählenden Werten ein, etwa j**awo***h*l, damit ich wieder ein Fünferpäckchen und Frieden habe, und das ergibt: »Und wir tappten beide wortlos durch die schlafende Stadt bis jenseits von Barnezon, jawohl.«

Fett gedruckt sind die Buchstaben für meine Fünferpäckchen (5).

Unterstrichen sind die Buchstaben T, L, K, die ich hasse.

Kursiv sind die Buchstaben, die ich nicht zähle, weil sie durch ihre Berührung mit T, L, K verseucht sind.

Unterstrichen kursiv ist das J, das ich nicht zähle.

Wenn ich einen Buchstaben brauche, kann ich j**a** oder *a*l**so** anfügen. Wenn ich zwei Buchstaben brauche, nehme ich: **wo**, **so**, **we***i*l, **e***h* kl*a***r**. Immer parat habe ich **ach**, **wei***ß*t*e*, **nee**, die mir drei Buchstaben bringen, oder **be***s*t**ens**, **eben** für vier Buchstaben. Ich zähle mit Lichtgeschwindigkeit. Ich weiß nicht, ob es für das, was ich tue, einen Namen gibt.

Ich lösche meine Nachttischlampe, und wie jeden Abend vollziehe ich mein Ritual: Ich fasse mit der Rechten aufs Parkett, dann werfe ich meinen Eltern eine Kusshand zu: »Gute Nacht, Mama, gute Nacht, Papa, ich liebe dich, Mama, ich liebe dich, Papa«, ich sehe meine Mutter, die mich mit ihrem gutmütigen Blick am Flughafen erwartet, als ich aus Los Angeles zurück bin, ich brauche diese liebevollen Bilder, um einzuschlafen, dann kuschele ich mich an meinen Mann, der sich zurückdrängt und mich umhüllt.

»Uns geht's gut!«

»Ja, mein Liebster.«

Ich fasse das Kopfende an und zähle bis fünf, dann mache ich die Augen zu. Manche Leute leisten außerordentliche Dinge oder grübeln über ihre Bestimmung, ich dagegen kann nur über meine Vergangenheit nachdenken. Als Kind habe ich geweint, weil mir meine Mutter fehlte, dabei war sie da, und als Erwachsene weine ich über ihren Tod. Etwas Besseres bringe ich mit meinem Leben nicht fertig. Und dabei bin ich die Erste, die meinen Freunden rät, nach vorn zu schauen, weiterzumachen, keine Angst zu haben. Ich habe keine Angst, ich habe eine Blockade.

Mein Handy klingelt. Es liegt im Wohnzimmer, und ich habe keine Lust aufzustehen. Mein Mann drängt mich, ich soll drangehen. Ich grummele: »Wenn es wichtig ist, werden sie schon noch mal anrufen.«

Mein Telefon klingelt wieder. Maulend stehe ich auf. »André« steht auf dem Display. Mich ergreift eine dunkle Vorahnung. Ich gehe dran: »André?«

An seinem Schweigen erkenne ich, dass es wichtig ist.

»Was ist los, André?«

Er klingt panisch, als er sich entschuldigt, dass er so spät noch anruft, es ist fast drei Uhr morgens.

»Macht nichts, André, wir haben noch nicht geschlafen.«

»Virgil …«

»Was, Virgil?«

»Virgil hat gerade mit zwei Karabinerschüssen Ferdinand erschossen.«

33

Morgen ist Weihnachten, und ich stehe am Grab meiner Mutter.

Es schneit.

Ihre Zypresse ist noch da.

Riesig.

André und mein Mann sind an meiner Seite.

Ich halte Lucie an der Hand, sie ist vom Kummer gebeugt.

Das Grab klafft weit auf.

Vier Männer lassen Ferdinands Sarg hinunter, der auf dem meiner Mutter fest zum Stehen kommt.